KB240348

내 마음의 풍경

내
마
음
의
풍
경

정 출판

가을의 문턱에 들어서니 초록빛 잎들이 서서히 힘을 잃어가고, 아침저녁으로 스치는 바람결도 어느새 달라졌습니다. 유난히 뜨겁고 길었던 여름을 지나며 많은 이들이 "참 힘겨운 계절이었다." 말하던 시간이 스쳐 갑니다. 처서가 지나 풀벌레와 귀뚜라미 소리가 점차 짙어질 무렵, 문득 그 소리 속에서 오래된 기억들이 가만히 깨어납니다. 가을은 풀벌레 소리에 더욱 쓸쓸해지는 계절이기에, 외로움을 지나온 뒤에서야 비로소 그 여린 소리에 귀 기울이게 됩니다.

글을 쓰면서 서툰 문장을 다듬고 또 다듬는 동안, 전보다 훨씬 넓고 깊게 세상을 느꼈습니다. 마음 붙일 곳을 찾던 끝에 글쓰기가 제 삶의 작은 쉼터가 되어 주었습니다. 때로는 "점심은 드셨느냐."고 안부를 묻는 한 통의 전화가 큰 위로가 되는 날도 있습니다. 세월의 속도가 빨라지는 나이가 되면, 이렇게 사소한 온기조차 더욱 소중하게 다가옵니다.

나이가 들수록 생활반경이 자연스레 좁아지고 경험마저 단조워지다 보니, 글 또한 대부분 저 자신을 향하고 있습니다. 열심히 살아왔다고 믿었지만, 황혼의 언덕에서 뒤돌아보니 화려한 성취보다는 잔잔한 하루의 흔적들이 더 가까이 남아있습니다. 그러한 제게 두 번째 수필집을 세상에 내놓는 일은, 망설임 끝에 용기를 내어 마주한 새로운 도전이었습니다.

글을 쓰며 마음 깊이 묻어두었던 추억을 하나, 둘 꺼내 놓고 보니 그것들은 결국 제 삶을 지탱해 온 소중한 기록들이었습니다. 남들이 볼 때는 그저 평범하고 서툴게 느껴질지 모르나, 제게는 지나온 시간을 증명하는 따뜻한 흔적들입니다. 그러한 글들을 다시금 한 권의 책으로 묶어 세상에 내어놓는 일은 여전히 떨리고 조심스럽습니다. 그러나 이 작은 용기가 누군가의 마음에 잔잔한 울림으로 닿을 수 있다면, 그것만으로도 감사한 일이라 생각합니다.

이 책이 독자 여러분의 삶 속에서 작은 위로와 공감의 한 페이지가 되기를 바라며, 조용히 책장을 여는 이 순간에 깊은 감사의 마음을 전합니다.

2025년 가을에
정금자

어머니의 두 번째 수필집

《내 마음의 풍경》

출간을 축하드립니다.

사랑하고 존경하는 어머니께

어머니는 저희 네 남매에게 언제나 든든한 울타리이자 나침판이 되어주셨습니다. 힘과 용기를 건네시며 따뜻한 바람막이가 되어주셨고, 근면과 성실로 사랑을 실천하며 어떻게 살아가야 하는지 삶의 지혜를 온몸으로 가르쳐 주셨습니다. 그래서 어머니의 두 번째 수필집 발간이 더 의미 있고, 감사하게 다가옵니다.

교직에 몸담아 세 아이의 엄마가 되어 아이들을 키우면서, 때로는 가슴 저미는 순간마다 어머니께서 저게 베푸셨던 깊은 사랑을 떠올리곤 합니다. 그 기억들은 제 삶을 다시 일으켜 세워주는 힘이 되어주었습니다. 언제나 저희를 위해 최선을 다하시고, 배움에 대한 갈증을 멈추지 않으셨던 어머니의 모습은 제게 가장 훌륭한 멘토였습니다.

어릴 적, 밀가루 반죽을 정성스레 치대어 손수 만들어 주시던 짜장면, 한여름 땀을 뻘뻘 흘리시며 유리병 가득 채워 주셨던 달콤한 복숭아 통조림, 친구들을 초대해 차려주시던 생일상의 포근한 스펀지케이크, 소화력이 약하던 저를 위해 매일 아침 정성껏 구워주셨던 따뜻한 찹쌀 전병…. 그 모든 순간이 지금도 선명하며, 그리움과 감사가 함께 밀려옵니다. 아침마다 여섯 개의 도시락을 한 번도 같은 반찬으로 채우지 않으셨던 그 정성은, 제가 자식을 낳아 키우면서 비로소 깊이 헤아릴 수 있게 되었습니다.

결혼 후 뒤늦게 사범대학에 편입해 임용고시를 준비하던 시절에도 어머니의 아낌없는 응원과 지원은 항상 제 곁을 지켜주셨습니다. 치매 걸리신 할머니를 돌보느라 자신의 시간을 포기하면서도, 복지관에 다니며 새로운 배움을 기쁘게 받아들이시던 어머니의 모습은 지금도 큰 울림으로 남아있습니다.

80대의 연세에 당뇨로 힘든 시간을 보내시면서도, 침침한 눈으로 책을 붙들고 늦은 밤까지 컴퓨터 앞에 앉아 글을 쓰시는 어머니의 뒷모습은 제 마음을 아프게 했습니다. 그럼에도 창작에 대한 열정을 놓지 않으시고, 삶이 주는 모든 순간을 감사로 받아들이며 현명하게 걸어오신 어머니를 진심으로 존경합니다.

어머니의 가치 있는 삶을 향한 열정적인 태도를 보며 저는

'어떻게 살아야 하는지'에 대한 답을 얻었습니다. 막막한 순간을 마주할 때마다 묵묵히 한 걸음씩 앞으로 나아가시던 어머니의 모습은 제게 무엇과도 바꿀 수 없는 가장 든든한 길잡이가 되어 주었습니다.

　그래서 더욱, 삶의 향기가 고스란히 배어 있는《내 마음의 풍경》두 번째 수필집을 세상에 내놓으신 어머니가 자랑스럽습니다. 삶의 매 순간 최선을 다하시고, 배움에 대한 열정을 태우시는 어머니의 모습을 저 역시 꼭 닮고 싶습니다.

　언제나 부족한 저희 곁을 지켜주시고 보듬어 주시며 포근한 안식처가 되어주신 어머니 덕분에, 저는 많은 사랑을 받으며 성장했습니다. 이제는 그 사랑을 가족들과 제자들에게 나누며 살아가겠습니다. 다시 한번 어머니의 삶이 담긴 수필집 발간을 진심으로 축하드리며, 존경과 감사의 마음을 깊이 전합니다.

2025년 12월
세상에서 어머니를
제일 존경하고 사랑하는 큰딸 올림

차례

1. 달밤의 단상

2. 땅은 생명의 고향

3. 인생의 열매

4. 봄 숲은 희망이다

5. 숨결로 부르는 인생

6. 비우는 노년의 삶

9

달밤의 단상

달밤의 단상

구름에 가려 보이지 않던 달을 바라보며, 모든 시름을 내려놓고 잠시 달빛에 젖어본다. 온 세상이 은은히 밝아지고, 바람결은 살갗을 스친다. 흔들리는 꽃잎을 보고 있노라면 문득 가슴이 벅차오르고, 새삼스레 피어오르는 행복을 느낀다. 오랜만에 달을 올려다보니, 몇 해 전 세상을 떠나신 어머니 생각이 아스라이 밀려온다.

당뇨로 고생하던 나를 누구보다 안타까워하시던 어머니께서 어느 날 조심스레 검은 물병을 건네셨다. 오래 묵은 똥바가지를 어렵게 구해 깨끗이 씻어 삶은 물을 담아 오신 것이었다.

"이 물 마시고 병 나은 사람이 있다더라. 한번 먹어보렴." 믿기 어려운 이야기였지만, 그보다 선명하게 다가온 것은 어머니의 간절함이었다. 얼마나 마음 졸이셨으면 이토록 정성을 다하셨을까. 가슴이 미어져, 어머니를 끌어안고 목 놓아 울던 기억에 눈시울이 젖어온다.

요양원에 계시던 어머니를 집으로 모셔 와 한두 달이라도 정성껏 보살펴드리고 싶었다. 휠체어 밀며 옛 고향 이야기 나누고, 맛있는 음식을 함께 먹고 싶었다. 그러나 어머니는 "다음에, 나중에"라며 늘 미루셨다. "서울에 언니와 동생이 있으니, 이 어미 걱정은 하지 마라. 아픈 네가 마음 써 주는 건 고맙지만, 내 마음이 불편해 그런다." 손을 꼭 잡으시며 글썽이던 눈빛이 아직도 선하다. 어머니의 마음은 알고 있지만 서운하다 못해 원망스러웠다. 지금도 마음이 아려온다.

사별하고 나서야 알았다. 어머니는 언제나 내 삶의 든든한 울타리였고, 희망이었다는 것을. 그 사랑이 이 밤도 달빛처럼 내 마음을 은은히 비춘다. 달빛 아래 기억을 더듬으면, 잊힌 시간들이 조용히 되살아난다. 그리움은 어린 날 고향 풍경과 맞닿아 있다. 어머니가 읍내 오일장에 가시던 날이면, 학교 수업이 끝나기 무섭게 장터로 달려갔다. 아침에도 뵈었건만 다시 안기게 되는 어머니 품은 언제나 따뜻했다. 외갓집과 작은집을 들르느라 장보기가 늦어지고 달이 떠오를 무렵이면 어머니는 장짐을 머리에 이고 집으로 향하셨다. 그 달빛 속을 함께 걷던 순간들이 아직도 마음을 환하게 적신다. 고향 집 앞, 개울에 징검다리가 있었고, 개울물 위에 또 하나의 달이 떠 있었다. 물결 위 달이 웃고, 일렁이며 일그러지다 이내 사라졌다. 달을 건져 올리고 싶었지만, 달은 손닿지 않는 곳에서 신비롭게 빛났다. 그 밤 이후로 달을 볼 때마다 가슴이 저릿하고, 달빛 어린 길을 다시 걷고 싶었다.

추석이면 늘 뒷동산 언덕에 올라 달이 떠오르기를 기다렸다. 달은 종종 구름 속에 숨어들었다 다시 나타나 지긋이 나를 내려다보았다. 그때마다 달님께 빌었다. 어머니의 간절한 바람이던 남동생을 꼭 보게 해달라고. 보름달 뜨면 큰절 올리고 소원을 빌었다. 매년 같은 달이지만 추석의 달은 유난히 크고 밝아, 그 달 속에는 반드시 소원이 담길 것만 같았다. 달을 올려다보면 한결 마음이 가벼워지고, 내일은 분명 더 좋은 날이리라는 희망이 차오르곤 했다.

오래도록 달을 바라보고 있으면, 그 속에 어린 시절의 내가 떠오른다. 고단하셨던 어머니 모습, 정겨운 친구들 얼굴도 함께 되살아난다. 저녁 식사를 마친 어머니는 물동이를 이고 동네 어귀 우물로 향하셨다. 고요한 달빛은 물동이 위에도 비쳤으리라. 달을 머리에 인 채 모퉁이 돌아가는 어머니 뒷모습이 눈에 선하다. 이튿날 새벽이면 장독대 정화수 그릇 속에 달이 고요히 담겨 있었다. 어머니는 두 손을 모아 간절히 기도하셨다. 그 기도 소리가 지금도 내 마음속에 은은히 울린다. 삶이 괴롭고 마음이 흔들릴 때 눈물 속에 가장 먼저 떠오르는 이름, 어머니다.

오늘도 물끄러미 달을 바라본다. 영원한 것은 없다. 삶은 짧을수록 더욱 소중해지고, 살아 있는 이 시간만이 온전한 내 것임을 깨닫는다. 허둥대며 달려온 세월이 서럽게 스쳐 지나간다. 오늘 밤 밝은 달빛 아래, 내 인생 끝자락을 향해 천천히 달빛 따라 걸어본다.

내 마음의 풍경

삶이 지루하거나 무기력해질 때면, 위로를 찾듯 꽃바람이 이는 들길로 걸음을 옮긴다. 오월의 계절은 늘 철쭉으로 시작된다. 햇살이 이렇게 따뜻할 수 있을까 싶을 만큼 봄볕은 포근하고, 싱그러운 수풀의 향은 마스크 너머로도 코끝을 찌른다. 자연이 그려낸 화려한 그림 앞에 눈이 먼저 환호하고, 그 순간 자연은 그 자체로 완성된 예술이다. 계절 따라 변하는 자연의 빛깔 속에서 마음속 우울도 어느새 조용히 풀려나간다.

자연의 변화처럼 나이가 들며 몸과 마음이 함께 달라진다. 몸은 눈에 띄게 쇠퇴하지만, 마음에는 오히려 더 여유가 생긴다. 젊음에는 패기가 있고, 늙음에는 지혜가 깃든다는 말이 실감난다. 기억력과 상상력은 예전만 못해도, 판단력은 잘 익은 과일처럼 더 깊고 향기로워진다. 젊은 날의 마음 풍경이 짙은 원색으로 가득한 자기중심의 세계였다면, 지금의 마음은 훨씬 은은하고 조화로운 빛을 띤다.

오래전 잡히지 않던 꿈의 조각들이 이제 발끝에 조용히 부딪혀 제 존재를 알리고, 좋은 기억은 세월에 쉽게 바래도 실수와 부끄러움의 흔적은 더욱 선명히 떠오른다. 그 부끄러움과 회한이 작은 거품처럼 가슴 한 켠에 오래도록 남는다. 그러나 젊음이 늘 옳은 것만도, 나이 듦이 서러운 것만도 아니다. 잃는 것이 있으면 얻는 것도 있기 마련이다. 이제는 작고 소소한 행복으로 마음을 채우는 법을 안다. 자연을 바라보는 기쁨, 한 편의 시를 읽는 여유, 잠든 아이의 얼굴에 어린 평화가 내게는 무엇보다 귀한 행복이다.

감정을 다 쏟아내지 못해 눈물을 삼키던 시절, 시는 내게 가장 따뜻한 위로였다. 시의 언어는 마음 깊숙이 스며들어 슬픔과 상처를 부드럽게 어루만져 주었다. 지나온 세월 동안 인생의 무게를 견디느라 감성을 느낄 겨를조차 없었다. 늘 무언가에 쫓기듯 살다가 문득 뒤돌아보니, 굳게 닫아두었던 마음의 빗장이 조금씩 풀리고 있었다.

그제야 들꽃 한 송이조차 아름답고 귀하게 보이기 시작했다. 오늘 오후에는 상추를 뜯고, 풀을 매고, 텃밭에 물을 주었다. 햇살은 여전히 생생했고, 구름은 여러 모양으로 하늘에 그림을 그리며 떠다녔다. 그 속에 자연의 신비로움이 새삼스럽기까지 했다.

하찮은 일에 상처받고, 작은 박탈감에 분노하던 날들이 떠오른다. 그 사소함 때문에 소중한 것을 놓쳤던 순간들을 생각하며, 이제는 일상 속 작은 행복을 조용히 주워 담으려 한다. 남에게 상처 주지 않을 만큼 더 부드러워지고 싶지만, 아직 다듬어야 할 것들이 많다는 사실이 문득 안타깝다.

인생의 후반부에 선 지금, 지나온 자취를 조용히 되돌아본다. 과감히 덜어내고 버리며, 지혜롭게 소유하는 법을 다시 배워간다. 알프레드 노벨은 90여 개의 사업체를 거느린 거부였지만, 생의 후반부에 이르러 스스로가 '죽음의 상인'으로 기억될 것을 깨달았다. 죽음 뒤에 어떤 사람으로 남을 것인가, 그 물음에 답을 찾기까지 7년이라는 긴 시간이 필요했다. 그는 인류에게 남길 가장 가치 있는 유산을 고민했고, 그 결단이 오늘의 '노벨상'을 탄생시켰다.

인생은 늘 선택의 연속이다. 무엇을 버리고 무엇을 택할 것인지는 자신의 결단에서 비롯된다. 직업, 사랑, 결혼…, 우리는 모든 것을 다 가질 수는 없다. 아름다운 육체에는 쾌락이 필요하고, 아름다운 영혼에는 고통이 따른다고 한다. 지나온 삶이 늘 즐거웠던 것은 아니지만, 고통과 행복이 켜켜이 쌓이며 지금의 나를 이뤄냈다.

이제는 그 모든 색이 어우러진 삶의 풍경을 조용히 바라본다. 무엇과도 잘 어울리는 빛깔, 어디에도 지나치지 않은 단정하고 단출한 사람의 길을 다시 그려보며….

깨가 쏟아지던 날

여름 내내 싹을 키우고 여무는 참깨를 바라보며, 오후 햇살 아래 땀 흘려 베어 말리고, 체에 쳐 티끌을 고르던 시간들. 그 긴 여정 끝에 마침내 참깨 농사를 무사히 마쳤다는 사실이 그저 다행스럽기만 하다. 깨를 베어 묶고, 말리고, 막대기로 두드릴 때마다 들려오는 소리가 비 오는 소리 같기도 하고, 어쩐지 마음을 간지럽히는 음악 같다. 온 세상이 고소한 향기로 가득 차는 듯하다.

작년에 고구마를 심었던 자리에 올해 무엇을 심을까 고민하며 시장을 거닐다, 유난히 선명한 푸른빛 참깨 모종이 눈에 들어왔다. 남편에게 말도 없이 모종을 사 오니 "깨 농사가 얼마나 힘든 줄 알아?" 하며 손사래를 쳤다. 그냥 버리라 했지만, 어린 생명을 어찌 함부로 버릴까. 나는 묵묵히 땅을 고르고, 작은 손길로 모종을 심었다. 그 후 참깨는 마치 내 마음을 알아주는 듯 고운 잎을 틔우며 무럭무럭 자랐다. 하지만 농사는 마음만으로 되는 일이 아니었다.

장마가 며칠째 이어지던 어느 날, 시골집 아주머니께 전화를 걸었더니 "깨가 다 쓰러졌어요" 하신다. 남편은 등산을 가 부재 중이라, 홀로 버스 타고 밭으로 향했다. 늦은 저녁, 흙냄새 짙은 밭에 서니 눈앞이 캄캄했다. 깨 송아리가 잔뜩 달린 채 땅에 눕듯 쓰러져 있었다. 말뚝을 세우고 한 손으로 깨를 일으켜 세우며, 다른 손으로 비닐 끈을 당겨 묶는데 어찌나 무겁던지 점점 힘이 빠졌다. 날은 어두워지고 마음은 조급해졌다. 그때 마침 아들의 전화가 울렸다. "엄마, 제가 모시러 갈게요." 그 한마디에 눈물이 핑 돌았다. 궁하면 통한다더니, 그 말이 바로 내게 하는 말 같았다.

참깨의 수확 시기는 따로 정해져 있지 않다. 누렇게 잎이 변하기 시작하면 '이제 때가 되었구나' 싶지만, 참깨는 줄기 끝마다 꽃이 계속 피어나서 아래쪽 송아리는 이미 익었는데 위쪽은 아직 덜 익은 경우가 많다. 그래서 어느 정도 열매가 맺히면 더 이상 꽃이 피지 않도록 줄기 끝을 잘라준다. 농사는 기다림의 기술이자, 때로는 단념의 예술이었다.

날씨가 개자 남편은 서둘러 수확하자고 말했다. 하지만 내 눈에는 아직 덜 익은 송아리가 많아 이웃 아주머니께 여쭈어보았다. "깨가 아주 실하게 잘 되었으니 며칠 더 두었다가 베어도 되겠어요." 그 한마디가 큰 위로로 다가왔다.

처음 짓는 깨 농사라 서툴렀다. 남편은 전지가위를 들고, 나는 낫을 들었다. 들깨는 단단한 씨방 덕에 잘 쏟아지지 않지만, 참깨는 조금만 건드려도 우수수 쏟아진다. 그 귀한 알갱이들을 잃지 않으려 조심스레 단을 묶고, 비를 피해 처마 밑에 세워두었다. 그 한 줌의 알갱이를 얻기 위해 흘린 땀방울이 떠올랐다. 오늘은 깨 터는 날이다. 남편과 마주 서서 막대를 들어 단을 두드렸다. "고생 많았어요." 서로 등을 토닥이며 웃었다. 깨가 터지는 소리는 비 오는 소리 같기도 하고, 세상에서 가장 정겨운 소리였다.

시장에서 무심히 사 먹던 한 줌의 참깨가 이렇게 많은 노동과 기다림의 결과라는 걸 이제야 온몸으로 알게 되었다. 수확한 깨를 볶아 갈고, 나물에 무치니 고소한 향이 코끝을 찌른다.

그 향기 속에는 여름의 햇살과 나의 땀, 그리고 묵묵히 견뎌낸 인내가 녹아 있었다.

작은 참깨 한 알 속에 바람과 햇살, 농부의 손길과 세월, 그리고 견딘 시간의 무게가 차곡차곡 담겨 있었다. 고통을 견뎌야 향기를 얻는다는 단순한 진리가 그 속에 있었다. 내가 지은 농산물을 믿고 먹을 수 있다는 사실에 마음이 든든하다. 자녀들에게 나누어 주려고 깨를 봉지에 담으며, 올 한 해의 땀방울이 맺힌 미소를 지었다.

정녕, 쉬운 농사는 없었다. 흙은 결코 속을 드러내지 않지만, 그 안에서 묵묵히 생명을 길러낸다. 우리 삶도 다르지 않다. 눈에 보이지 않는 인내와 정성의 시간이 쌓여야 비로소 결실을 본다. 한 알의 깨 속에 세월이 있고, 한 줌의 흙 속에 인생이 있다.

오늘도 그 진리를 되새기며, 조용히 손끝의 흙을 털어낸다.

숨을 곳을 찾고 싶다

어린 시절 동무들과 숨바꼭질하던 순간이 가끔 떠오른다. 술래가 숫자를 세는 동안, 재빨리 나만의 공간을 찾아 몸을 웅크리고 두근거리는 가슴으로 짧은 고독을 즐겼다. 들키고 싶지 않은 마음과, 끝내 술래가 나를 찾지 못해 혼자 남을까 하는 두려움이 엇갈리던 그 시간은 꽤나 깊은 설렘을 남겼다. 숨바꼭질에서 '숨는다는 것'은 영영 나를 놓아달라는 뜻이 아니라, 언젠가 꼭 누군가가 나를 찾아줄 것이라는 믿음이 바탕이 된 놀이였다.

엄마가 된 뒤에도 아이들과 숨바꼭질하며 다시 그 시절로 돌아가곤 했다. 술래가 된 나를 뒤로하고 아이들은 어느새 자취를 감춰 버리고, 나는 고양이 걸음으로 조심스럽게 꼬리를 찾아 나선다. "못 찾겠다, 꾀꼬리!"하고 장난을 치며 다가가면, 작은 녀석은 결국 웃음을 참지 못하고 책상 밑에서 먼저 기어 나왔다. 옷장 뒤에 숨어 있던 큰 녀석도 숨넘어가게 깔깔대며 달려 나온다. 그 아이들을 보고도 모르는 척 찾던 나의 모습을 떠올리면, 숨바꼭질하던 그 시절이 그리워진다.

요즘은 아이들이 숨바꼭질하는 장면을 보기 어렵다. 아이들은 바쁘고, 어른들은 더 바쁘다. 누구에게나 시간이 부족하다는 듯, 고요한 틈을 잃어버린 채 하루하루를 떠밀려 산다. 잠시 스스로 들여다볼 여유조차 없이, 다음 일에 허둥지둥 밀려가는 현실 속에 살고 있다.

볼 것, 듣고 말할 것이 넘쳐나 우리의 감각은 늘 지쳐 있다. 버스나 기차를 타고 여행하면서 창밖 풍경에 마음을 내어주기보다는 휴대전화 화면에 시선을 고정한 채 큰 소리로 이야기를 나눈다. 산에서도 숲의 고요를 즐기기보다 라디오 소리에 맞춰 손뼉 치며 흥을 돋우는 이들을 쉽게 본다. 조용히 혼자만의 호흡을 느끼기보다 소음 속에서 또 다른 소음을 찾는 모습이 안타깝다. 그래서일까. 살아가다 보면 어린 시절 숨바꼭질하던 마음으로, 내면 깊숙이 숨어 있는 '진짜 나'를 들여다보는 시간이 필요하다. 자신에게 잠시나마 손을 내밀어 놀아주는 여유, 그 재충전의 시간이 있어야 앞으로 마주할 무게들도 슬기롭게 헤쳐 나갈 수 있을 것 같다.

몸이 지치고 마음이 허물어질 것만 같은 날이면, 문득 어딘가에 숨어버리고 싶은데 바쁘다는 이유로 그 마음마저 덮어두곤 했다. 이제야 숨을 곳을 찾아 나를 돌보는 용기와 노력이 필요하다고 생각한다. 산이나 숲, 강이나 바다가 될 수도 있고 절이나 성당처럼 조용히 마음을 내려놓을 수 있는 곳일 수도 있다. 숨는 것은 도망이 아니라, 다시 나오기 위한 준비일 테니 말이다.

몇 해 전 중국 구채구의 오채지를 찾았던 일이 떠오른다. 만년설과 빙하가 녹아 형성된 호수의 물빛은 말로 표현하기 어려운 신비로움을 품고 있었다. 자연 앞에서 나는 한없이 작아 보였고, 마음이 저절로 정화되는 듯했다. 요즘 신록의 나무를 바라보면 괜스레 고맙고, 가지 사이로 스며드는 햇살은 평범한 일상을 선물처럼 빛나게 만든다. 잠시 일손을 놓고 조용히 기도하거나, 서산으로 지는 노을을 바라보며 새소리를 듣는 일만으로도 마음 안에 깊은 평화가 깃든다. 가끔은 혼자 숨어보는

것, 그 순간이야말로 나에게 주는 귀한 선물임을 이제야 깨닫
는다.

'쉼'이라는 글자가 요즘 들어 유난히 마음에 남는다. 부지런
하지도 않으면서 하고 싶은 일을 멈추지 못하고 스스로 혹사하
던 나에게, 어느 날 몸이 음식을 거부하고 물조차 삼키기 어려
운 시간이 찾아왔다. 의사는 무조건 쉬라고 했다. 더 나은 내일
을 위해 오늘을 충전하라는 신호였다.

쉼이란 인생을 살아가는 데 얼마나 중요한 것인지, 지금 새
삼 배우는 중이다. 잠시 쉬어가는 것이, 결국 더 멀리, 더 단단
하게 걸어갈 수 있는 길임을 천천히 깨닫는다.

옛날 장마가 그리울 줄이야

주룩주룩 쏟아지는 빗줄기가 온 세상을 잠식하듯 번져갔다. 잠시 비가 잦아들면 하늘이 숨을 고르는 듯 고요해졌지만, 낮게 깔린 진회색 구름은 여전히 불길했다. 그러다 갑자기 무언가 잊고 있었다는 듯, 화를 토하듯 세찬 빗발이 다시 쏟아지곤 했다. 얼마 전 텃밭에서도 그랬다. 분명 햇살이 비추고 있었는데, 한두 방울 뿌리던 비는 이내 폭우로 변해 단숨에 나를 흠뻑 적셔 버렸다. 피할 틈도 없이 생쥐처럼 젖어버린 그 순간이 우습고도 난처했다.

어린 시절 장마는 지금보다 훨씬 몸에 가까이에 있었다. 산

하나가 귀하던 때라 비료부대를 머리에 이고, 등만 겨우 가린 채 웬만한 비는 맞고 다녔다. 학교 가는 길 1km 남짓 떨어진 개천에 외나무다리가 하나 있었는데, 장마가 시작되면 어김없이 떠내려가 통학이 막히곤 했다. 그럴 때면 마을 아저씨들이 윗옷을 훌훌 벗고 물가로 나와 어린 학생들을 어깨 위에 태워 건너 주었다. 고학년 아이들은 손에 손을 잡고 물살을 헤치며 건넜다. 해마다 장마가 찾아오면 그때 그 고마운 얼굴들이 선명하게 떠오른다.

그러나 요즘 장마는 그때의 장마가 아니다. 기후변화로 동북아 장마 패턴이 흐트러지고, 집중·장기 폭우가 잦아지면서 점차 아열대성 우기를 닮아 가고 있다. 예측이 어려워 기상청도 이제 '장마'라는 말이 조심스러워, 대신 '장맛비'라는 표현으로 갈음한다. 2009년 이후로는 장마 시작과 끝을 공식 예보하지 않는다. 장마 백서에 "기후 위기로 인해 장마라는 전통적 표현의 수명이 다해 '한국형 우기'로 개념 전환을 검토해야 한다"는 문장이 실렸다. 장마와 장마가 아닌 기간의 경계가 흐려졌고, 3~4주 머물던 장마는 두 달 가까이 이어지는 일도 드물지 않다. 오랫동안 자연의 질서를 알려주던 '장마'라는 단어가 여전히 정서적 무게를 지니고 있어 공식적으로 폐기하지 못하고 있을 뿐이다.

본디 장마는 '길게 내리는 비'면서도 어느 정도 예측 가능성을 품고 있었다. 여름의 특정한 시기, 빗방울과 햇빛이 번갈아 찾아오며 땅을 적시고 식물을 키워 주던 자연의 약속이었다. 농경사회에서 장마는 때로 일을 멈추게 하지만, 동시에 작물이 무성하게 자라는 축복의 시간이기도 했다. 하늘의 뜻을 헤아리며 살아가던 이들에게 장마는 불편 속에서도 삶을 떠받치는 자연의 리듬이었다. 하지만 요즘의 장마는 파편화된 날씨의 조각들처럼 지역마다 다른 얼굴로 나타난다. 서울의 한쪽은 물난리를 겪는 사이, 조금 떨어진 곳은 불볕더위에 시달리고, 또 다른 곳은 가뭄으로 땅이 갈라지기도 한다. 마치 동남아 우기처럼 하루에도 폭염과 폭우가 번갈아 들어, 예측은 더욱 어려워졌다. 전문가들은 늘어난 수증기량, 대기 흐름의 변화, 중국발 수증기와 시베리아 고온 현상이 만나 만들어내는 폭발적 비구름을 그 원인으로 지목한다.

폭우와 폭염이 길어질수록 안전사고, 취약계층의 피해, 감염병 확산, 농산물 가격 급등 같은 복합적 재해 가능성도 커진다. 지구온난화라는 거대한 배경이 이 모든 불규칙성을 더욱 심화시키고 있다.

이제 우리가 알던 장마는 더 이상 찾아오지 않는다. 예측할 수 있었고, 때로는 고단했지만 땅을 살찌우던 그 옛 장마. 불편함 속에서도 안정된 리듬을 품고 있던 장마. 문득 그 장마가 그리워진다.

사람과 사람 사이

　사람과 사람 사이가 벌어졌다는 소식을 들은 뒤로, 마음 안에서 '사이'라는 단어가 떠나질 않는다. 창 사이로 스며드는 햇빛과 달빛, 바람, 산 바위틈을 비집고 돋아나는 들꽃, 우리 집 장독대 옆 돌 사이로 무성하게 자라나는 풀들, 그리고 바쁘게 밭의 풀을 뽑다 잠시 쉬어 가는 시간과 시간 사이의 틈. 우리는 하루에도 수없이 많은 '사이'들을 지나며 살아간다. 자연과 우리의 일상 사이에 다양한 틈이 존재하듯, 사람과 사람 사이에도 저마다의 '사이'가 있다.

　넉넉히 이해하고 받아들이는 여백으로서의 긍정적인 사이가 있는가 하면, 오해와 거부로 어둡게 벌어지는 부정적인 사이도 있다. 관계가 좋지 않을 때 '사이가 벌어졌다'고 말한다. 결혼 생활에 "틈이 생겼다"고 할 때는 더욱 힘든 상황이 찾아오기도 한다.

희망과 신뢰를 바탕으로 한 사이는 많을수록 기쁘고 든든하지만, 마음이 엇갈리며 생기는 사이는 슬프고 우울하다. 가까웠던 가족이나 친구와 큰 이유 없이 사이가 멀어질 때가 있다. 소리 내 싸우는 것보다, 보이지 않는 조용한 틈이 오히려 더 큰 괴로움을 안겨준다. 어떻게 메워야 할지 몰라 애를 태운다.

더 잘해주고 싶은 마음에 건넨 말과 행동이 오해되어 어색한 사이를 만들면, 울고 싶을 만큼 마음이 아프다. 우리네 가정 안에도 이런 사이들은 자주 벌어진다. 사이는 필요 이상으로 길게 방치해도 안 되고, 그렇다고 성급히 메우려 해도 안 된다. 기회를 보아 자연스레 슬기롭게 메워야 할, 사람과 사람 사이의 틈이다. 무엇보다 용서와 화해를 바탕으로 서서히 메워야 할 사이이기도 하다.

살아가는 동안, 어떤 모습으로든 내 탓으로 생긴 가족 · 친지 · 친구 사이의 작은 틈들을 다시 돌아보며, 더 따스하고 정다운 사이로 만들어가겠다고 다짐해본다. 남편에게 너무 가깝다는 핑계로 예의 없이 굴진 않았는지, 굳게 약속하고 지키지 못한 일은 없었는지, 상대 마음을 제대로 읽어주지 못한 무관심은 없었는지, 내 이기적이고 교만한 태도가 그의 자존심에 상처를 주진 않았는지….

　어떤 사이는 내가 바라는 만큼 쉽게 메워지지 않을지 모른다. 더구나 내 잘못으로 벌어진 사이라면 그만큼 대가를 치러야 한다. 상대가 나를 거부하거나 좋지 않은 말을 하더라도 당황하지 않고 묵묵히 견뎌내는 용기와 참을성이 필요하다. 누구보다 나 자신을 위해 참고 최선을 다해야 한다. 겸손하고 성실한 마음으로 이 사이를 메우지 않으면, 내게 참된 평화와 행복이 머물 수 없다.

　사랑하는 사람이 내 마음을 헤아리지 못해 서운할 때면 마음을 잠시 접어두고 하늘을 바라본다. 별들도 가끔 어긋날 때가 있겠지. 서운함에 즉시 화를 내는 것이 어리석은 일임을 우리는 안다. 숨은 그림 찾듯이, 삶의 의미 또한 꾸준히 찾아야 드러난다. 겨울 지나면 봄이 오고, 여름 속에 이미 가을이 숨어 있듯, 슬픔 속에 기쁨이 들어 있고 농담 속에 진심이 놓여 있다. 이런 것들을 볼 줄 알면 삶이 지루하지 않다.

사이가 벌어졌다는 그 부부를 누구보다 행복한 가정으로 알고 있었기에 더욱 실망이 컸다. 어떻게 도울까 생각하다, 인생 선배로서 사랑과 이해로 사이를 메워가기를 바라는 마음으로 메일을 보냈다.

세상사가 늘 뜻대로 되는 것은 아니다. 누구나 상식적인 생각을 하리라 믿지만, 전혀 상식이 통하지 않을 때 우리는 어색하고 난감하다. 문제를 푸는 열쇠는 결국 우리 안에 있다. 언제나 승리하고 성공하는 사람은 상대의 마음을 읽어낼 줄 아는 사람이다. 설득에도 적절한 시간이 필요하다. 햇살 좋을 때 빨래를 말리지 않으면 때를 놓치듯, 작은 불씨도 제때 잡지 못하면 큰불로 번진다.

사람답게 산다는 것이 얼마나 어렵고, 얼마나 많은 것을 내려놓아야 하는지 깨닫게 된다. 사람과 사람 사이의 벽난로에서 따뜻한 정을 나눌 수 있기를 바랐다. 남보다 내가 더 잘났다는 생각은 금물이다. 남의 잘못을 따지기 전에 '나는 어떠했는가'를 먼저 돌아보며 반성해야 한다고 했다.

여러 번 메일을 보냈지만, 답은 오지 않았다. 얼마 후, 사이가 멀어졌던 그 부부에게 좋은 소식이 들려와 얼마나 반가웠는지 모른다. 화목은 행복의 조건이다. 가족은 때로 나를 웃게 하고 슬프게 하고 속상하게 하지만, 동시에 힘이 되고 격려가 되고 사랑을 주는 존재다. 그런 가족이 있는 곳에 행복이 깃든다.

가족 간의 협력이 이루어질 때 아이들도 힘차고 바르게 자랄 수 있음을 경험으로 안다. 사랑이 담긴 고생은 큰 행복을 안겨 준다. 이혼의 위기까지 갔다 돌아온 그들이, 머리에서 가슴까지 내려오는 그 길이 얼마나 멀고도 힘들었을까. 그만큼 사람의 변화가 어렵다는 뜻일 것이다.

사랑이 있는 사람에게는 희망이 있다. 그리고 희망은 곧 행복의 약속이다. 사랑이 단절된 자리에는 행복이 머물 곳이 없다는 것을 우리는 잘 알고 있다.

2

땅은 생명의 고향

절기와 농사

절기는 달력이 많지 않았던 조선 시대에 계절과 기후변화를 알려주는 소박한 지표였다. 절기를 통해 계절의 움직임과 생활에 필요한 정보를 얻었고, 그 흐름에 맞춰 농사를 지었다. 절기는 그 시기의 기후변화와 농사 일정에 맞추어 정해진 만큼, 예부터 농사와 떼려야 뗄 수 없는 관계였다.

입춘은 새봄의 시작을 알리며 식물이 생동하는 때이며, 하지에는 낮이 가장 길어지며 본격적인 더위가 시작된다. 추분은 낮과 밤의 길이가 같아지고 열매가 여무는 가을의 문턱이다. 입동은 찬 기운이 내려앉아 땅이 얼기 시작함을 알려준다. 농부들은 이러한 절기의 변화를 살피며 작물의 성장과 수확 시기를 가늠해 왔다.

'내 인생이 지금 몇 시인가'를 고민하듯, 농경 시대에는 지금이 씨를 뿌릴 때인지, 거두어야 할 때인지 그때를 아는 것이 무엇보다 중요했다. 본래 절기의 가치는 이 기후변화의 흐름을 알려주는 것이었다. 사람들은 기후라는 변수가 인간의 삶과 건강은 물론 일과 그 관계에도 영향을 준다고 믿었다.

농작물을 돌보는 일은 전원생활의 기본이다. 농촌에서 사람들은 농작물을 매개로 이웃과 이야기를 나누고 정을 쌓는다. 2024년 9월, 끝없이 이어지는 무더위를 핑계로 가을 농사 준비를 미루던 나는 늦게나마 텃밭에 배추 모종을 심고 무씨를 뿌렸다. 풍성한 가을을 기대하며 마음이 부풀었다.

그러나 지독한 더위에 배추 모종이 말라 죽고 말았다. 보식補植으로 간신히 보완해 보았지만 속수무책이었다. 무씨도 새가 쪼아 먹었는지 듬성듬성 올라와 다시 파종해야 했다. 겨우 고개를 든 어린싹들은 폭우에 휩쓸려 뿌리를 드러낸 채 힘없이 누워 있었다. 안쓰러워 하나하나 흙을 북돋아 세워 주었다.

가난 속에서 흙이 길러낸 생명력을 믿고 살아왔던 지난 세월이 떠올라, 작고 연약한 싹들이 더없이 미안하고 소중하게 느꺼졌다.

무성한 이웃 배추밭과 달리 텅 빈 내 밭을 바라보면 마음 한 구석이 타들어 갔다. 오랜 세월 농사일에 익숙한 이웃들에게 잘 키운 농작물을 보여주고 싶었는데, 초라한 밭이 부끄러워 얼굴 마주하기조차 망설여졌다. 올여름의 이례적 폭염과 잦은 장마, 열대야의 연속은 김장배추 작황에도 영향을 주어 가격이 크게 오를 만큼 기후 변화를 실감하게 했다.

남편과 아이들은 "배추와 무는 사 먹으면 된다."며, 고생스러운 농사일을 이제 그만 줄이라는 말로 나를 위로한다. 그 말이 맞다고 생각하지만, 나는 여전히 묵묵히 무밭을 지켰다.

'나는 왜 가족이 반대하는 농사에서 손을 놓지 못하는가.' 스스로 묻는다. 농사 비용과 노동력, 시간까지 고려하면 사서 먹는 것이 훨씬 경제적이라는 가족의 말이 맞다. 땀으로 옷을 적시고 집에 돌아와 늦은 저녁을 먹은 뒤 그대로 잠들어버린 날도 많았다. 볕에 그을려 투박해진 손, 관절염으로 구부러진 손가락을 보며 아이들은 울컥하며 말했다. "고마워요, 엄마. 이제 농사는 그만하고 더 즐거운 취미를 찾아보세요."

아이들 말에 고개를 끄덕이면서도, 어느 순간부터 자라나는 농작물을 바라보며 돈으로는 환산할 수 없는 기쁨과 위안을 받고 있었다. 이웃들과 밭을 비교하며 작은 경쟁심도 생겼고, 마음이 어수선할 때 밭에 나가 흙을 만지고 호미를 잡으면 마음이 고요해졌다. 자연과 마주하며 살아가는 일이 곧 생명 존중이라는 걸 깨달았다.

24절기는 우리나라 기후를 반영한 것이 아니라 중국 황하 지역을 기준으로 정해졌기에 한반도의 계절 변화를 온전히 대변하기는 어렵다. 더욱이 최근의 급격한 지구온난화로 절기와 실제 날씨는 더 괴리가 생기고 있다. 입춘이 늦겨울에 해당하고, 때로는 입춘 무렵이 일 년 중 가장 추운 시기가 되기도 한다. '대한이 소한 집에 놀러 갔다가 얼어 죽는다'는 속담처럼 절기는 자연과 정확히 맞아떨어지지 않는 경우가 많아졌다.

기후변화에 대응하려면 온실가스 배출을 줄여야 한다. 빙하가 녹고 해수면이 상승하는 심각한 변화가 이미 진행 중이며, 세계 곳곳에서 이상기후로 인한 재해가 잦아지고 있다. 이산화탄소를 줄이고, 재생에너지를 확대하며, 대중교통을 이용하고, 일회용 플라스틱 사용을 줄이는 작은 실천이 필요하다. 무엇보다 지구온난화에 대한 인식을 높이고 그 심각성을 알리는 지속적인 교육이 중요하다. 절기의 변화는 농작물 수확에 직접적인 영향을 미친다. 이제는 전통적 절기만으로 농사의 기준을 삼기 어려운 시대가 되었다. 삶의 기준 또한, 우리 스스로 새롭게 세워야 할 시점인지도 모르겠다.

땅은 생명의 고향

우리는 매일 시멘트 건물 속에서 살아가고, 흙 한 줌 보이지 않는 길을 걷는다. 인위적으로 가꾸어진 환경 속에서 대지는 조금씩 숨 막혀 가고, 도시화 기세는 땅의 숨결을 빼앗는다. 그러한 변화가 결국 우리의 생명까지 소모하게 하는 것은 아닐까, 두려운 마음이다.

흙은 생명이자 고향이다. 열 중 아홉이 도시에 사는 시대, 우리는 흙과 단절된 채 하루하루를 살아간다. 흙이 사라진 대지는 물을 품지 못하고, 비가 내리면 갈 곳 잃은 물이 홍수 되어 되돌아온다. 우리가 외면한 땅은 더 이상 우리를 지켜주지 않는다. 흙은 생명이 움트고 꽃피며 열매 맺는 자리, 수많은 생명이 서로 얽혀 작은 우주를 이루는 공간이다. 흙 한 줌에 지구 인구보다 많은 생명체가 산다고 하니, 그 신비로움 앞에 절로 고개가 숙여진다. 땅은 어머니를 닮았다. 더러운 것마저 품어 깨끗함으로 되돌려주고, 생명을 길러내는 너른 품을 지녔다. 땅은 생명의 근원이자 마음이 쉬어가는 포근한 고향이다.

어릴 적 고향이 떠오른다. 봄이면 마을을 감싼 둑길에 벚꽃이 흐드러지고, 여름이면 야생화가 들판에 가득 피었다. 가을에는 갈대와 억새가 바람 따라 춤추고, 겨울이면 잎 털어낸 산천과 맑게 흐르는 시냇물, 길게 이어진 둑길이 푸른 하늘과 하나가 되었다. 몸과 마음이 지칠 때면 늘 그 흙길을 걸었다. 흙이 건네는 생명의 기운이 고스란히 몸속으로 스며들었다. 봄마다 흙을 뚫고 올라오는 새싹은 언제 보아도 신비로웠고, 나는 그 작은 생명 속에서 흙의 위대한 힘을 바라보았다.

작은 텃밭에는 케일과 오이, 고추와 상추를 심고, 고구마 두렁과 콩·팥도 가꾸었다. 건강을 위해 시작한 일이었지만, 심고 가꾸는 기쁨은 훨씬 큰 선물이었다. 삼복더위 속에도 새벽이면 밭으로 갔다. 잡초가 더 먼저 자란 날이면 마음이 쓰이기도 했지만, 이슬 머금은 초록은 그 자체로 싱그럽고 평화로웠다. 흙을 만지고 초록을 바라보는 일만으로도 마음은 고요하고 숨은 한결 가벼웠다. 사람들은 농약을 쓰라고 했지만, 나는 자연과의 교감을 놓치고 싶지 않았다. 작물이 자라며 주는 기쁨, 수확의 만족감은 말로 표현할 수 없을 만큼 컸다.

좋은 흙과 거름으로 식물을 돌보는 시간은 치유이자 힘의 회복이었다. 텃밭 농사는 이웃과의 나눔으로 이어졌다. 논둑에 심어둔 호박은 덩굴손을 뻗어 나뭇가지를 붙잡으며 '친구가 되자'고 속삭이는 듯했다. 폭우와 뜨거운 볕을 견뎌낸 호박들은 주렁주렁 매달려 노랗게 익었다. 그것을 무료 급식소에 가져다드리자 "올겨울은 따뜻하게 지내겠다."며 환한 웃음을 보여주셨다. 그 미소를 떠올리며 나는 더욱 정성스레 농사를 지었다. 겨울이 오면 잘 익은 늙은 호박으로 죽을 끓여 경로당 할머님들과 나누었다. "고맙다."라며 웃으시던 얼굴, 호박죽을 좋아하시던 시어머님 생각에 옛날이 그리워진다. 이렇게 이어지는 기쁨은 생명을 품은 흙이 있어 가능했다.

밭둑에는 좋아하는 동부도 심었다. 한쪽에는 기둥을 세워 지지해 주고, 다른 한쪽은 자연의 힘에 맡겼다. 수확해 보니 오히려 기둥 없이 자란 동부가 풀과 어깨동무하며 더 풍성했다. 정성을 들였다고 믿었던 쪽은 잎과 줄기만 무성하고, 열매는 드물었다. 작물의 마음을 제대로 읽지 못했다. 소통은 농사에만 필요한 것이 아니다. 자식을 키울 때도 그들의 마음에 귀를 기울여야 길이 열린다. 다름을 인정할 때 관계 회복이 시작된다는 사실을, 나는 식물에서 배웠다.

언젠가 우리는 모든 것을 내려놓아야 할 때를 맞는다. 그 순간 미련에 매인다면, 현명한 삶이라 할 수 없다. 사랑도, 명예도, 소중했던 것들도, 때가 되면 놓아줄 수 있는 마음. 나는 그 연습을 조금씩이나마 해보고 싶었다. 생명을 품고 나눔을 건네는 힘은 흙에서 비롯된다. 디지털 세상에서 잃어가는 온기와 인간성을 되찾게 해주는 것도 흙이다. 땅을 지키는 일은 우리의 책임이자 사명이다. 자연을 외면한 문명 속에서 지구는 병들어가고 있지만, 지구를 입원시킬 병원은 없다. 병든 지구를 다시 살릴 수 있는 곳은 결국 따뜻한 마음을 지닌 사람의 가슴뿐이다. 우리 모두 흙으로 돌아갈 존재다. 하늘과 땅은 우리의 마지막을 품어줄 것이고, 자연은 우리 영혼을 다시 안아줄 것이다.

녹색 파도 속에서

청아한 매미 소리가 여름 아침을 깨운다. 반짝이는 햇살은 한껏 상쾌하지만, 쌓인 피로에 몸은 쉽게 일어나려 하지 않는다. 그래도 논에 갈 채비를 서두르다 보면, 사람 손길만 기다리는 벼 생각에 남편도 나도 어김없이 몸을 일으킨다. 문득, 우리도 어느새 완연한 농군이 되어가고 있다는 생각이 스친다. 처음 농사를 지어보겠다고 마음먹었을 때, 주위에서 "농사는 아무나 짓는 게 아니다."라며 고된 삶을 걱정해주었다. 하지만 기계를 빌리고, 품을 사고, 무엇보다 정성을 다해 가꾸면 되지 않겠냐는 용기로 우리는 첫걸음을 내디뎠다.

생각처럼 순탄하지만은 않았다. 앞에서도, 뒤에서도 우리 손길을 기다리는 일은 끝이 없었다. 친환경 농사를 짓겠다고 제초제와 농약을 멀리하다 보니 논둑에 부직포를 씌워 풀을 막아보지만, 어느 날 부직포가 봉긋 솟아올라 살짝 들춰보면 어린 싹이 조용히 고개를 내밀고 있다. 미안하지만 잘라야 하는 순간이 찾아온다. 남편은 피와 잡초를 먹으라며 우렁이를 넣어주었고, 우리는 벼농사의 생명이라는 물 관리를 놓칠까 늘 마음을 졸였다. 오늘은 벼의 성장을 방해하는 피를 뽑는 날, 이른바 '피사리'를 하는 날이다.

논에 서서 바라보니 벼보다 키가 큰 피 이삭들이 의기양양하게 하늘을 향해 치솟아 있다. 가슴 앞에 보자기로 바랑을 만들어 걸고, 진흙 속으로 발을 천천히 미끄러뜨린다. 우뚝 자란 피를 뽑아 바랑 속에 넣고 벼 사이를 헤치다 보면, 아직 연두색 얼굴만 내민 어린 피들이 곳곳에 숨바꼭질하듯 숨어 있다. 그 싹들을 찾아낼 때면 마치 도둑을 잡는 듯 묘한 긴장감이 스며든다. 햇빛 한 번 온전히 받지 못한 채 그늘에서 여리게 자란 여린 새싹을 보면, 자르려던 손이 멈칫한다. 이 아이들도 개천이나 산에서 자랐다면 누구에게도 해가 되지 않았을 텐데 하는 안쓰러움이 마음에 고인다.

올여름 더위는 유난스러워 한낮엔 일할 엄두조차 낼 수 없다. 아침과 늦은 오후에 조금씩 피를 뽑다 보니 능률도 오르지 않는다. 한 번 뽑으면 끝날 줄 알았건만, 피는 마디마다 새싹을 내고 또 내어 번식한다. 실로 잡초의 생명력은 놀랍다. 벼가 어릴 때 피를 뽑아야 하지만, 그 시기에는 벼와 구별하기도 쉽지 않다. 지금은 벼가 팰 때라 피가 크게 올라와 눈에 확연하니, 이때 피사리를 놓치면 씨가 떨어져 내년 농사는 더 고단할 게 뻔하다.

피사리하다 보면 자연스레 '사람 농사'를 생각한다. 아무리 피사리가 어렵다고 해도, 사람 키우는 일에 비할 바 아니다. 마음속 잡초를 뽑아내고 올바르게 길러주는 일은 끝없는 인내와 조심스러움이 필요하다. 논의 피는 눈에라도 보이지, 사람 마음속 잡초는 어디서 자라는지, 어디로 뻗는지 찾아내기 참으로 어렵다. 제때 손쓰지 않으면 마음 잡초는 자라 문제를 만들고 사회를 어지럽힌다.

문제를 일으킨 이들을 볼 때마다, 어린 시절부터 인성과 지성을 제대로 길러주지 못한 어른들 책임도 없지 않겠다는 생각이 든다. 벼농사도 때맞춰 뽑아주고 가꿔야 하거늘, 사람이야 오죽하랴. 어린 마음에는 언제든 나쁜 생각이 움트기 마련이다. 이때 따뜻한 관심과 사랑을 넉넉히 받아야 한다. 누군가 제때 손을 내밀어 마음의 잡초를 뽑아주고, 곱게 감싸 열매 맺게 해준다면 얼마나 보람된 일인가. 하지만 한 번 크게 자란 마음의 잡초는 피처럼 뿌리가 질겨 쉽게 끊어지지 않는다. 피사리 하며, 사람이 사람답게 자라는 일이 얼마나 어려운 일인지 새삼 깨닫는다.

또한 제 자리를 모르고 자라다 결국 뽑혀 나가는 피를 볼 때면, 어른들이 늘 하시던 "설 자리, 앉을 자리를 알아야 한다"는 말씀이 떠오른다. 자신의 자리를 생각하지 않은 채 발길 닿는 대로 앉아버리면, 머지않아 뽑혀 나가 상처만 남게 마련이다. 세상은 눈앞의 화려함만 좇으며 허황한 꿈을 꾸는 이들로 가득하다. 땀 흘려 성실히 일하기보다 쉽게 얻는 복을 바라는 이들을 보면 안타까울 뿐이다. 세상에 땀 없이 이루어지는 일은 없다. 헛된 꿈에서 깨어나 세 자리를 찾아 단단히 뿌리내린다면 얼마나 좋을까.

버려진 묵정밭을 지나칠 때면 가슴이 먹먹하다. 한때 황금빛 파도가 일렁이던 그 장관이 정말 꿈이었단 말인가. 우리는 퇴직 후 농사를 지으며 살아가지만, 공기 좋고 살기 좋은 농촌을 뒤로하고 모두가 도시로 떠나는 현실이 안쓰럽다. 이 땅을 삶의 자리로 삼아 뿌리내릴 젊은이들이 많아지기를 바라는 마음으로 두 손을 모은다. 피를 찾아 뽑는 일은 고되지만, 도시에서는 누릴 수 없는 넓고 푸른 자연의 숨결이 있어 마음은 오히려 넉넉하다.

앞서가며 녹색 파도를 헤치고 땀을 흘리는 남편의 뒷모습에 눈시울이 뜨거워진다. 피사리는 내 마음속 잡초를 뽑고 사랑을 키우는 일이다. 벼는 어느새 익어가고, 녹색 보호색을 입은 메뚜기는 제 몸을 조용히 감추고, 고추잠자리는 이삭 위에 내려앉아 따뜻한 햇빛과 시원한 바람을 즐기며 오수를 청한다. 그 고요를 깨뜨릴까 봐 발걸음을 조심스레 옮긴다.

바랭이풀과 나의 여름

　장마가 집을 옮겨온 듯 하루걸러 비가 내리니, 햇살이 마음
껏 숨을 쉬던 날이 손에 꼽힌다. 그런 날이면 차창으로 스며
드는 한 줌 햇살만으로도 가슴이 따뜻해진다. 금빛을 머금은
빛결 위로 그리운 얼굴들이 하나둘 떠오르고, 어린 시절 땀에
젖어 풀을 매던 아버지의 모습도 아지랑이처럼 아물아물 살
아난다.

　오랫동안 들르지 못했던 밭에, 감자 수확이 끝난 자리에 김
장 무나 심어볼까 싶어 찾아갔다. 밭은 이미 온갖 풀들의 잔치
판이었다. 비가 키워낸 초록의 세계 속에서 쇠비름, 참비름, 민

들레, 그리고 이름 모를 작은 풀꽃들까지 저마다의 방식으로 미소를 건네고 있었다.

그 모든 풀 중에서 단연 주인은 바랭이였다. 바랭이는 한해살이 잡초다. 무리를 이루면 꼿꼿하게 서고, 홀로 자라면 비스듬히 생을 버틴다. 줄기 끝에 거미발처럼 펼쳐진 꽃차례는 자줏빛을 띠며 가을이면 어마어마한 씨앗을 땅속 깊이 숨겨 둔다. 내년을 준비하는 그 영악함에 절로 혀를 찰 정도다. 한 번 자리 잡은 바랭이는 다른 풀들이 얼씬도 못 할 만큼 강하다. 장맛비에 쓸려가 버리는 풀들도 많지만, 바랭이는 땅에 바짝 붙어 마디마다 뿌리를 내려 흔들림이 없다. 폭염에도 마디 속의 물기를 짜내며 버티고, 예초기로 베어도 다음 날이면 새순이 다시 고개를 든다. 제초제를 맞으면 단풍처럼 물들어 죽은 척하다가 슬그머니 살아나는, 참 지독한 녀석이다.

바랭이를 보며 떠오르는 건 원망만이 아니다. 옛날 어머니들도 그렇지 않았던가. 굶주리던 시절, 물 한 바가지로 배를 달래며 아이들을 낳고 길러낸 그 질긴 생명력. 어머니들은 바랭이보다 더 강한 힘으로 그 시절을 살아내셨다.

생각이 잠시 멈추는가 싶더니, 요즘 이슈가 되는 인구절벽 이야기가 스쳤다. 매년 줄어드는 신생아 수와 늘어나는 외국인

노동자, 경쟁력 약화와 경제의 불안함…. 그런데 바랭이는 씨앗을 깊이 숨겨 종족을 이어간다. 우리 젊은 세대도 그 근성을 조금은 닮았으면 하는 바람이, 풀을 뽑는 내내 마음 한구석에 맴돌았다. 낫으로 풀을 베고 호미로 뿌리를 캤다. 바랭이와의 본격적인 싸움이 시작되었다. 풋풋한 흙냄새와 싱그러움이 코끝을 스쳤고, 서툰 낫질에 손가락엔 상처가 났다. 그래도 마음을 다잡고 다시 바랭이를 향해 손을 뻗었다.

언젠가 삶도 서툴지 않게 다가올까. 하지만 사람은 서투름 속에서 배우고, 그 서투름 속에서 희망을 찾는 존재가 아니던가. 나는 스스로 달래며 다시 손을 움직였다. 땀방울이 송골송골 맺히더니 이내 입가로 흘러 짭짤한 맛을 남겼다. 결국 바랭이와의 싸움은 나의 승리로 끝났고, 땀을 닦으며 가을에 풍성하게 자라날 무를 떠올리니 절로 미소가 번졌다. 농촌의 삶은 고단하지만, 자연은 언제나 아픔을 감싸며 치유의 손길을 건네고, 풍성한 열매를 약속해 준다.

밭둑에 앉아 쉴 때 도랑물 흐르는 소리 시원하다. 바랭이 사이로 피어난 하얀 부추꽃은 소복을 입은 여인처럼 애잔하다. 한여름 매미 울음에 외로움과 더위를 달래며 버티던 날들이 스쳐 지나간다. 오늘따라 매미 소리는 가을을 재촉하는 듯 유난히 쓸쓸하다. 요즘 들어 몸이 예전 같지 않으니, 이렇게 흙냄새 맡고 풀 향기 즐기며 바랭이와 싸우는 이 작은 기쁨마저 잃게 될까 두렵다. 어느새 벼 이삭 끝에 고추잠자리가 앉고, 저녁노을이 구름 사이로 비단처럼 내려앉고 있었다. 문턱까지 가을이 와 있음을, 자연은 이렇게 조용히 일러주고 있었다.

쌀밥이 지켜준 날들

아카시아꽃이 피어나는 늦봄이면 숲속에는 뻐꾸기 소리 울리고, 논에는 이앙기가 모내기를 시작한다. 써레질로 고르게 다진 논바닥 위로 모판을 실은 이앙기가 천천히 미끄러지듯 들어선다. 논 가장자리부터 심겨 나가는 어린 모들은 서너 포기씩 다정히 뿌리 내리며, 연둣빛 물결로 논 전체를 물들인다.

어린 시절, 우리 논에 모를 심던 날이면 일꾼들과 그 식구들이 점심때가 되면 논둑으로 모여들었다. 아이들, 집을 지키던 노인들 모두 한데 어우러졌다. 동네 아주머니들은 따끈한 국과 여러 반찬을 머리에 이고 오고, 일요일이면 나도 바가지 꾸러미를 들고 들길을 따라나섰다.

논둑에 상을 펴고, 바가지에 가마솥에 불 때 지은 흰 밥을 푸는 순간-일꾼들의 얼굴엔 금세 웃음이 번졌다. 볼이 미어지도록 쌀밥 한 그릇을 뚝딱 비워내던 그 모습들. 농촌에서 쌀밥은 가장 귀한 성찬이었고, 모두가 감사했던 행복한 시간이었음을 이제야 더 깊이 깨닫는다.

그 시절엔 벼가 다수확 품종도 아니었고, 농기계도 넉넉하지 않았으며, 비료 품질도 지금과 비교할 수 없을 만큼 열악했다. 죽도록 고생해 농사를 지어도 일 년 양식이 모자라 밭두렁에 보리와 밀을 심어 부족분을 채웠다.

'보릿고개'라 부르던 5~6월은 가을에 거둬들인 양식이 떨어지고, 새 보리는 아직 여물지 않아 배를 곯기 쉽던 가장 어려운 시기였다. 특히 일제강점기 식량 수탈과 6·25 전쟁의 폐허는 사람들로 하여금 굶주림을 삶의 일부로 받아들이게 했다.

세월이 흐르고 경제가 성장하면서 농민들 소득과 생활환경이 나아지자, '보릿고개'라는 단어는 점차 기억 속으로만 남게 되었다. 하지만 그 시절 농민들이 겪어야 했던 굶주림과 기다림, 그리고 다시 일어설 희망이 담긴 아득한 시간들을 생각하면 여전히 마음이 먹먹해진다. 바람이 심술을 부려 태풍으로 변하면, 황금빛으로 출렁이던 보리밭은 순식간에 쑥대밭이 되었다. 농부들이 논두렁에 앉아 하늘을 원망하며 한숨을 내쉬던 장면이 지금도 아픈 추억으로 가슴속을 스친다.

밀과 보리밭 풍경 보기가 점점 어려워졌다. 예전에는 가족들이 둘러앉아 따뜻한 밥을 나누던 저녁상이 하루의 위로이자 기쁨이었다. 어머니가 밥을 푸던 손길에는 늘 사랑이 가득했고, 그 솜씨 하나에 온 가족의 마음이 모였다.

하지만 지금은 모두가 바쁘고 흩어져, 한 상에 둘러앉는 일이 쉽지 않다. 어머니의 밥 한 공기에 담긴 깊은 정을 알지 못한다. 외식을 더 즐기고, 끼니를 빵이나 간편식으로 대신하는 경우가 많아 쌀의 소비가 점점 줄어든다. 우리 세대는 밥 한 숟가락을 통해 꿈을 키우고, 사랑을 배우며, 삶의 힘을 길렀다. 쌀이 떨어지면 마음이 불안해지던 시절, 쌀밥은 단순한 음식이 아니라 삶을 지켜주는 든든한 기둥이었다. 이제 우리의 체질과 문화의 뿌리가 되어 준 쌀을 사랑하며, 그 가치를 세계 속에 널리 알릴 책임이 우리에게 있다.

최근 가뭄이 잦아들고, 지구온난화로 국지성 호우가 자주 발생해 마음을 졸이게 된다. 예전에는 남쪽의 해양성 더운 공기와 북쪽의 대륙성 찬 공기가 맞부딪치며 장마전선을 넓게 형성

했지만, 2000년 이후 비구름 띠는 흩어지기 시작했다. 더하여 온난화로 공기 중 수증기량이 늘면서 비구름은 국지적으로 더 강하게 발달하고, 집중호우 피해도 잦아졌다.

준비할 틈도 없이 쏟아지는 비를 어찌 막을 수 있을까. 그래서 옛사람들이 "농사는 하늘이 짓는다."라는 말을 남겼는지 모른다. 우리가 먹고사는 모든 것을 내어주는 자연 앞에 겸손해야 한다. 땅을 지키고 농사를 이어가는 농부들에게 늘 깊은 감사의 마음을 전하고 싶다.

시래기의 맛

　겨우살이를 준비하려 무청 시래기를 빨래건조대에 널어 두
었다. 바람이 드나드는 응달에 걸어두면 파랗게 말라, 겨울철
식욕을 돋우는 중요한 식량이 된다. 어느새 바싹하게 마른 시
래기는 그 자체로 계절의 흔적이다. 무를 심을 때부터 '무청 시
래기용'을 따로 심는다. 김장 무시래기는 줄기가 질기고 껍질
벗기는 일이 번거롭지만, 무청 시래기는 부드럽고 껍질째 먹어
도 좋아 손이 덜 간다. 무엇보다 은근한 단맛에 마음까지 따뜻
해진다.
　마른 시래기는 깨끗이 씻어 물에 푹 담갔다가 넉넉히 물을

붓고 오래 끓인다. 다시 맑은 물에 몇 번 헹군 뒤, 한 번 먹을 만큼씩 비닐 팩에 담아 냉동실에 넣어두면 일 년 내내 든든한 반찬이 된다. 먹고 싶을 때 꺼내 된장국을 끓이거나 나물을 무쳐 지져 먹으면 언제나 인기다. 특히 시래기밥은 양념간장만 곁들이면 반찬이 필요 없다. 달래나 풋고추를 송송 썰어 넣고 마늘, 고춧가루, 깨소금에 참기름 몇 방울 더하면 그야말로 별미다. 멸치육수에 넣고 푹 끓인 시래기 된장국은 구수한 맛이 깊고, 생선을 지질 때 밑에 시래기를 깔아 함께 조리면 생선보다 시래기가 더 맛있을 정도다.

시댁에는 힘 좋고 성실한 청년 일꾼이 있었다. 그는 논에 나갔다 돌아오며 종종 웅덩이에서 미꾸라지를 잡아 오곤 했는데, 소금을 뿌려 뒤척이는 모습이 무섭고 민망해 나는 늘 뒤돌아 숨곤 했었다. 잠시 후엔 시아버님이 깨끗이 손질해 두셨고, 우리는 석유풍로 위 검은 냄비에 시래기와 깻잎을 듬뿍 깔고 갖은양념을 더해 매운탕을 끓였다. 보글보글 끓어오르며 풍기는 냄새는 그야말로 황홀했다. "아버님, 간 좀 보세요." 아버님은 빙그레 웃으며 맛이 좋다고 하셨고, 그 모습이 지금도 선하다. 넉넉한 미소, 그리고 매운탕 속에 배어들던 시래기 맛 - 그 따뜻한 풍경은 세월이 흘러도 내 마음 한구석에 변함없이 남아 있다.

지금은 경지정리로 논바닥이 반듯해지고, 농기계가 들어오며 웅덩이와 민물고기가 거의 사라졌다. 농약 때문인지 논두렁 거머리조차 보기 어렵다. 어릴 적, 구불구불하던 논두렁길에서 메뚜기 잡고, 여름이면 도랑에서 송사리와 새뱅이 건져 올리며 물장구치던 그 시절이 그립다. 자연 속에서 뛰놀던 그 순간들은 향수가 되어 내 마음을 다독인다.

시래기는 식이섬유가 풍부해 변비를 예방하고 대장 건강에 좋다고 한다. 활성산소를 줄이고 염증을 가라앉히며 노화를 늦추는 데에도 도움이 된다니, 값도 싸고 몸에 좋으니 더 자주 먹어야겠다는 생각이 든다.

우리 가족은 특히 시래기 청국장을 좋아한다. 콩으로 청국장을 띄워 시래기를 듬뿍 넣어 끓이면 겨울 밥상에 더할 나위 없는 단골 메뉴가 된다. 뜨끈한 국물이 그릇을 돌고, 구수한 향이 찬방 가득 퍼지면, 겨울밤 마음의 허기가 덜어지는 듯하다.

무청 시래기는 소박하지만, 세월의 맛과 손길의 온기가 배어있다. 바람에 흔들리며 마르고, 세월에 흔들리며 단단해지는 것이 어디 시래기뿐일까.

삶이란 길에서 어느 순간 곁을 지켜주던 사람들, 따뜻했던 밥상, 잊힌 듯한 계절의 냄새들이 마음속 깊은 곳에서 다시 피어오른다. 겨울 햇살 아래 포슬포슬 마르던 시래기처럼, 나도 언젠가 누군가의 기억 속에서 은은히 말라가다, 다시 국물 속에 풀려 향기를 내는 사람이 되고 싶다. 세월이 흘러도 변하지 않는 이 소박한 맛처럼, 마음 한편 따뜻함 또한 오래도록 지켜지기를 바라며 오늘도 시래기를 다듬는다.

3

인생의 열매

인생의 열매

꽃피고 열매 맺는 나무에서 인생을 배운다. 흔히 나무는 주어진 환경을 감내할 뿐 적극적으로 대처하지 못하는 '존재'라고 생각한다. 숲에 들어서면 흙, 나무와 풀에서 뿜어져 나오는 향기가 큰 숨을 쉬게 한다. 그러면 숲의 향기는 말없이 우리를 감싼다. 숲에 들어서면 마음이 평안하다.

평생 한자리에서 살아가야 하는 기막힌 숙명을 의연하게 받아들이는 나무들. 우리는 나무에서 대자연의 참모습을 많이 발견할 수 있다. 자연을 보고 배워야 할 것이다. 살다가 미련 없이 흙으로 돌아가는 나무처럼 살고 싶다. 인생의 어려운 문제들 앞에서 마음이 흔들릴 때 나무 곁에 서면 불필요한 일, 무의미한 복잡한 문제들로부터 삶이 단순해진다. 곁에 있는 것만으로도 휴식과 평안함을 느끼게 하는 어머니 같은 존재다.

어느 날 갑자기 시어머님이 아들과 손자에게 존댓말을 하고 사돈댁이 오셨는데 "저 늙은이는 저녁때가 되었는데 왜 집에 가지 않느냐."고 하는데 깜짝 놀랐다. 이튿날 병원에 모시고 갔더니 알츠하이머 초기라 한다. 시간이 지날수록 호전되는 기미가 보이지 않고 조금씩 병세가 나빠지는 모습이다. 대소변을 가리지 못하고 기저귀를 채우면 뜯어 입에 넣고 삼키다 목에 걸려 큰일 날 뻔했다. 변기 물에 머리를 감고 밥과 국을 섞어 놓아서 먹지 못하게 만들었다. 한때는 삼키는 것을 잊어버려 음식도 약도 먹지 못해 병원에 입원하였는데 돌아다니다 다칠까 봐 침대에 손을 매어놓았다. 마음이 너무 아파 부둥켜안고 엉엉 울었다. 치매가 이토록 무서운 병인지 몰랐다, 잠시도 쉴 새 없이 저지레를 하거나 집 밖으로 뛰쳐나가는 일이 반복되는 일과다.

젊은 나이에 혼자되시고 외로움의 무게 때문에 치매라는 못된 병마에 걸리신 걸까, 자신만의 굴레 속에서 허우적거리시는 모습에 마음이 찢어진다. 어머님 모습에 연민의 정을 느끼며 치료제는 '사랑'뿐이라는 생각이 들었다. 그때부터 매일 치매 어머니를 사랑으로 대할 수 있게 해달라며 기도드렸다. 저지레를 해도 화내지 않고 사랑하는 마음으로 보듬을 수 있었다. 지금도 그때의 일상을 생각하면 가슴이 아려온다. "사랑할 수 없는 것들을 사랑하라, 그게 인생이다. 기쁨은 거기서 시작된다"는 괴테의 말이 늘 머리에 맴돌았다. 사랑이 없으면 인생이 시시하고 지겹다. 사랑은 삶이 주는 선물이고 생이 내리는 숭고한 명령이라고 한다. 사랑해야지만 인생이 기쁨으로 충만해짐을 느낀다. 세상은 언제나 내 앞에 놓인 두려움의 큰 강물 같았다. 그 두려움을 이기며 스스로 헤쳐 나가야 하는 것이다. 마음만 먹으면 세상의 어떤 강인들 못 건너겠는가.

누구나 이 땅의 삶을 다한 후 원하든 않든 삶의 열매와 흔적을 남긴다. 이왕이면 아름답고 선한 열매를 남기기를 원한다. 삶의 열매는 평생 뿌려온 인생의 결과물이다. 선한 열매는 수고와 헌신이 있어야 함을 기억하며 살아간다.

우리가 선한 열매를 맺기를 원한다면 그 방법을 알아야 한다. 가을의 열매들을 바라보며, 지나온 삶을 회상한다. 인생에서 희생과 봉사는 자신을 인간답게 만든다는 것을 깨달았다. 짐처럼 느껴지던 고난과 어려움을 이겨낼 때, 나를 더 성장시키는 값진 보물이 되고 교훈이 되었다.

　건강이 엄청난 재산이라는 것도, 가까운 이의 죽음에 덜컹대던 마음도, 가상의 유언장을 써보는 진지함도 체험해 봤다. 어지간한 일은 '그럴 수도 있지.'하며 긍정적으로 생각하려 노력한다. 그러나 아직도 삶의 열매를 꿈꾸며 붙잡고 있으니 부질없는 욕심이라 하지만 그것은 인생을 살아갈 목적이 되고 희망이라 말하고 싶다.

내 마음의 보물찾기

믿음은 언제나 겸손에서 시작됩니다. 기다릴 줄 아는 마음이며, 얄팍한 계산이 아닌 깊은 신뢰의 뿌리에서 자라납니다. 오늘도 나는 어제보다 한 걸음 더 믿음 안으로 나아가려 합니다. 조금 더 단단한 뿌리를 내리고, 조금 더 깊은 신뢰로 당신을 바라봅니다. 세상의 중심이 아닌, 제 삶의 중심에 당신을 다시 모셨습니다. 믿음이란 결국 나를 비우고 당신으로 채우는 일임을 이제야 깨닫습니다.

진실한 말로 기도하고 싶습니다. 지금까지 나는 너무 많은 말로, 때로는 의미 없이 기도해왔습니다. 형식적인 표현으로 당신을 부를 때도 많았습니다. 이제는 조용한 마음으로 짧게 기도하고 싶습니다. 긴 탄식보다 짧은 감사가 더 큰 기도임을 알게 되었기 때문입니다. 오늘부터는 하루를 마감하며, 감사의 순간을 한 줄씩 적어보려 합니다. 작은 감사가 차곡차곡 쌓여 큰 평화가 되기를 바라면서 말입니다.

당신의 은총 안에서 하루를 살다 보면, 크고 작은 기쁨의 조각들이 제 마음에 고이 남습니다. 그 조각들을 조심스레 모아 희망과 감사와 함께 이웃과 나누고 싶습니다. 요즈음 나는 어느 때보다 감사하며 살고 있습니다. 예전에는 무심히 지나쳤던 햇살 한 줄기, 바람 한 점에도 마음이 머물고, 그것들이 모두 당신의 선물임을 새삼 깨닫습니다.

나는 자주 '평화의 도구'가 되게 해 달라 기도합니다. 하지만 정작 생활 속에서 평화로운 사람이 되기가 쉽지 않습니다. 사소한 말에도 마음이 흔들리고, 작은 오해가 불화를 만들 때가 있습니다. 그럴 때마다 깨닫습니다. 평화란 고요한 강물처럼 고정된 것이 아니라, 바람에 흔들리고 눈물로 단련되는 과정에서 얻어지는 귀한 선물이라는 것을. 고통 속에서 비로소 성숙한 평화를 배우게 됩니다.

환한 보름달이 하늘에 뜨면, 그 둥근 빛이 제 마음에도 걸립니다. 보름달처럼 흠 없이 둥근 말과 부드러운 행동으로 이웃에게 다가가고 싶습니다. 그러나 마음 한편 욕심과 이기심이 그 둥근 달을 일그러뜨릴 때가 있습니다. 어떤 경우에도 내 뜻만 고집하여 자비를 잃는다면, 그 길은 사랑의 길일 수 없음을 이제야 깨닫습니다. 사랑은 언제나 자신을 낮추고, 먼저 손을 내미는 일임을 다시금 배웁니다.

기쁨은 멀리 있지 않았습니다. 마음속 깊은 곳에 숨어 있던 작은 보물을 찾듯, 사랑과 감사의 마음을 닦아갈 때 그 속에서 기쁨이 피어났습니다. 그 보물을 찾아 닦고 나누는 삶은 전혀 지루하지 않습니다. 이런 '보물찾기'가 있기에, 단조로웠던 일상이 사랑으로 반짝이고, 사랑하는 이들과 함께하는 모든 순간이 보물이 됩니다. 감사가 쌓일수록 인생은 더 환하게 빛납니다.

오늘도 내 마음의 보물 상자를 조용히 열어봅니다. 그 안에는 미소 짓던 얼굴, 따뜻한 손길, 작지만 진심 어린 위로가 고요히 담겨 있습니다. 삶의 무게에 주저앉은 나를 그런 작은 보물들이 다시 일으켜 세웁니다. 믿음과 평화, 사랑과 감사. 그것들이 바로 제 마음의 가장 소중한 보물임을 깊이 깨닫습니다.

선하고 고운 갈망을 제 마음에 심어주신 나의 주님, 당신의 사랑 안에서 이 하루도 찬미합니다. 그리고 오늘도 조용히 기도드립니다.

저를 당신의 평화의 도구로, 사랑의 보물로 사용해 주소서.

비에 젖은 꽃잎, 다시 피어나다

　누구나 '어떤 사람으로 살아가고 싶은지' 마음속에 작은 꿈을 품고 자란다. 그 꿈을 이루기 위해 애쓰고 또 고민하며 자신만의 길을 찾아간다. 나의 학창 시절엔 부모님이나 선생님께 속마음을 털어놓기 쉽지 않았다. 그래서일까, 오늘도 무심히 흩어져 있던 기억의 조각들을 조심스레 모아, 오래된 퍼즐을 맞추듯 하나하나 꺼내 본다.

　보슬비 내리는 어느 오후였다. 담임 선생님께 사범학교 원서가 연령 미달로 반려되었다는 소식을 들은 순간, 무지개처럼 피어오르던 내 꿈은 빗속의 꽃잎처럼 힘없이 무너져 내렸다.

서러움에 눈물이 자꾸 흘러 큰길이 민망해 농수로 둑을 따라 걸었다. 검은 구름이 몰려오더니 갑자기 소나기가 쏟아졌다. 머리부터 발끝까지, 옷뿐 아니라 마음까지도 흠뻑 젖었다. 들끓던 감정이 빗물에 조금은 씻겨 내려가는 듯했다. 며칠을 앓고 나서야 천천히 정신을 가다듬었다.

인문계 고등학교에 진학하기 위해 모아 두었던 용돈으로 아버지 몰래 원서를 접수했다. 그러나 아버지는 이웃 마을 선배의 좋지 않은 소문을 이유로 객지 유학을 완강히 반대하셨다. 밤늦게 공부하는 나를 위해 문틈으로 사탕과 엿을 살짝 밀어 넣어 주시던 아버지의 마음을 그땐 이해하지 못했다. 결혼할 때 혼수는 없어도 좋으니 학교만 보내 달라며 매달리기도 했다. 할머니는 여자가 공부 많이 하면 팔자가 드세다며 만류하셨다. 아버지는 송아지 한 마리를 사줄 테니 키워서 너 쓰라며 달래셨지만, 내 마음속에 타오르던 '진학'이라는 꿈을 접을 수는 없었다. 분노를 삭이려 마당을 힘껏 쓸며 마음을 다독였던 저녁, 그때의 바람 소리가 아직 귀에 남아 있다.

수험표를 받으러 가던 날, 어머니는 치마를 들쳐 바지 주머니에 꼭 끼워 두었던 지폐 몇 장을 손에 쥐여 주시며 아무 말 없이 눈빛으로 용기를 주셨다. 아버지께 인사를 드리려 방문을 열었으나 계시지 않았다. 마을 사랑방에 들러 다녀오겠다는 인사를 드리고 돌아서는 순간, 콧등이 시큰해지며 눈물이 핑 돌았다. 청주까지 처음 가는 길, 외할머니가 함께해 주셨다. 여인숙에서 하루 묵으라 하시곤 외삼촌 집으로 가셨는데, 낯선 공간이 무서워 가방을 들고 서둘러 수험표를 받으러 학교로 갔다. 갈 곳 없어 막막했던 그 마음은 지금도 잊히지 않는다.

결국 용기 내어 반 친구에게 사정을 털어놓고 그 집에서 함께 지내기로 했다. 오정목 미나리꽝 논 가운데 자리한 작은 오두막집. 아랫방과 윗방 사이 벽을 뚫어 형광등 하나로 겨우 밝히던 그 집이, 그날 밤 내게는 별빛보다 따뜻했다.

며칠 뒤 합격 통지서를 받아들었을 때의 설렘도 잠시, 집안의 반대는 여전히 대단했다. 아버지의 눈빛만 살피며 조심스레 마음을 졸이다 보니 어느새 입학금 마감일이 다가왔다. 오늘을 넘기면 모든 것이 물거품이 될 것 같아 밤새 눈을 감지 못한 채 뒤척였다. 이른 아침, 아버지는 외출 채비를 하시며 다락에 넣어 두었던 구두를 꺼내 달라고 하셨다. 외삼촌 댁에 다녀오겠다는 말씀이었지만, 정작 내가 가장 듣고 싶던 한마디는 끝내 입 밖으로 나오지 않았다. 구두를 댓돌 위에 조심스럽게 놓아 드리던 순간, 말없이 나를 바라보시던 아버지가 이미 내 마음을 다 알고 계신 듯해 가슴이 저릿해졌다.

그날 오후, 나는 뒷동산 언덕배기를 수도 없이 오르내렸다. 산모퉁이를 돌아 걸어오시는 아버지 모습을 볼 수 있을까 하여, 서쪽 하늘의 붉은 노을처럼 애타는 마음으로 기다렸다. 터덜터덜 집에 돌아오니 댓돌 위에 아버지 구두가 놓여 있었다. 조심스레 방에 들어서니 어머니와 나누시는 대화에서 '친척집에 하숙을 부탁했다'는 말이 들려왔다. 나는 장지문을 열고 아버지 무릎에 엎드려 그동안 참아왔던 눈물을 쏟아냈다. 기쁨인지 감격인지, 형체를 알 수 없는 눈물이 쉴 새 없이 흘러내렸다. "그렇게 공부가 하고 싶었니? 네 소망을 져버릴 수가 없어, 아버지도 고민이 많았다." 등을 토닥여 주시던 아버지의 따뜻한 손길이 지금도 생생하다. 나는 우리 마을 첫 번째 '여고생'이 되었다.

입학식 날, 커다란 보자기에 이불을 싸서 아버지와 마주 잡고 하숙집으로 향하던 내 촌스러운 모습이 아직도 눈에 어른거린다. 꿈에 그리던 입학식장에 서 있으니 뜻도 모를 눈물이 뺨을 타고 흘렀다. 아버지는 고급 빵집에서 빵을 사 주시며, 한눈팔지 말고 부지런히 공부하라고, 그리고 집이 그립다고 자꾸 찾아오지 말라고 당부하셨다. 멀리 친척집 여러 식구들과 함께 지내며 하숙 생활을 하는 것이 불편했지만, 뒤늦게야 그 모든 것이 어린 딸을 지키기 위한 부모님의 깊은 사랑이었다는 것을 깨달았다. 때로는 밥상만 마주해도 집 생각이 밀려와 눈물이 먼저 떨어졌다. 수저를 들면 눈물이 고이고, 결국 밥그릇에 눈물이 스며들곤 했다. 그 시절의 나는 참 작은 마음이었다.

꿈은 어린 마음 하나를 끝끝내 일으켜 세웠다. 인생은 운명이 아니라 '선택'이라는 말이 있다. 하루를 살아도 꿈을 가진 사람의 삶은 빛난다. 돈으로 얻는 행복, 지위와 명예로 얻는 만족도 있지만, 그것만으로는 오래가지 않는다. 꿈과 희망이 없는 삶은 의미가 없다. 재능기부, 봉사, 어려운 이웃돕기처럼 세상을 따뜻하게 하는 일들 속에서 우리는 저마다 다른 색으로 고유한 아름다움을 가진 존재임을 깨닫게 된다. 행복은 비교에서 오지 않는다. 마음 깊은 곳에서 자신을 만날 때 비로소 온다.

먼 길을 돌아 교사의 꿈을 이루었지만, 입시철이 되면 그때의 추억이 서늘한 바람처럼 가슴을 스치고 지나간다. 세상이 많이 달라졌어도, 꿈은 단 한 번도 나를 배신한 적이 없었다. 버리지 않는 꿈은 언젠가 반드시 길을 열어 준다는 것을 깨달았다. 꿈은 언제나, 노력하는 사람에게 조용히 현실이 되어 찾아온다.

정원이 나를 품던 날들

우리 집을 두고 동네 사람들은 마당이 넓은 집이라고 했다. 널찍한 터에 단층 슬래브 집을 올리고 보니, 텅 빈 마당이 어딘지 허전해 보였다. 그래서 남은 땅에 작은 정원을 만들기로 했다. 평생 마음속에 그려오던 '정원이 있는 집'을 비로소 꾸밀 수 있다니, 가슴이 두근거렸다.

잔디를 심고 정원석을 둥글게 둘러 화단을 만들었다. 모과나무와 목련, 라일락, 석류나무 같은 나무와 장미 · 철쭉 · 목단을 골고루 심었다. 정원석과 영산홍이 어우러진 화단은 어느새 제법 풍성한 정원의 모습이 되었다. 잔디밭 한편에는 작은 연못을 파 금붕어를 넣고, 시원한 물줄기가 솟는 분수대를 세웠다. 안방 창문 앞에는 넓은 잎이 시원스레 펼쳐진 바나나 나무까지 들여놓아, 집 안에서도 은근히 열대의 향취가 느껴지곤 했다.

세월이 흐르자, 봄에서 가을까지 정원은 꽃과 잎으로 차곡차곡 채워졌다. 초봄의 목련은 우윳빛의 고결한 아름다움으로 나를 사로잡곤 했다. 꽃 속에 얼굴을 가까이 대고 한참을 들여다보면, 설명하기 어려운 황홀함이 가슴 깊이 스며들었다. 그러나 하룻밤 새 송이채 툭 떨어져 있는 모습을 보면 어딘가 서늘한 슬픔이 남기도 했다. 연못가에 아이들 웃음소리가 끊이지 않았다. 분수에서 뿜어져 나오는 물줄기를 잡아보겠다고 돌계단에 앉아 장난을 치는 아이들, 가지 위로 날아들어 재잘거리던 새들, 한여름의 매미 소리와 바람, 벌과 나비들까지…, 정원은 언제나 작은 축제로 가득했다.

진달래 꽃망울이 맺히는 봄이면 옛 기억이 떠올라 절로 미소가 지어진다. 어느 해, 딸아이가 쌀쌀한 날씨에도 치마를 입겠다고 조르던 적이 있었다. "진달래꽃 피면 입자." 달래놓았는데, 어느 날 벌컥 달려와 꽃이 피었다고 소리쳤다. 가보니 아직 피지 않은 꽃망울을 아이가 손으로 억지로 벌려 놓은 것이었다. "꽃망울이 얼마나 아팠겠니…," 내 말이 아이에게 닿았는지, 금세 울음을 터뜨렸다. 어린 마음을 다치게 한 것 같아 오히려 내가 미안해졌다. 지금도 봄마다 그때의 딸아이 얼굴이 진달래꽃 사이에 떠오른다.

오월이면 실바람에 실려 오는 라일락 향이 좋아, 나는 늘 창문을 활짝 열어두곤 했다. 봉숭아꽃이 피면 이웃집 아이들이 손톱에 봉숭아 물을 들이려 찾아왔다. 동네 아주머니들은 넓은 마당에 채소밭 대신 잔디밭을 만든 게 아깝다며 농담처럼 말했지만, 나는 꽃과 나무를 돌보는 일이 더 즐거웠다.

해 질 녘, 잔디 위에 앉아 아이들의 하루 이야기를 듣다 보면 하루의 고단함이 스르르 풀렸다. 다만 잔디밭 풀은 한없이 자랐다. 일요일이면 아이들 손에 우유갑을 하나씩 쥐어 주며 "가득 채우는 사람은 숙제 면제!"라고 말하곤 했다. 풀 뽑기는 쉽지 않았지만, 그마저도 웃음으로 지나갔다.

어느 날, 빨간 덩굴장미가 대문 위로 올라가 곱게 꽃을 피웠다. 작은딸이 꽃과 놀겠다고 대문 위로 오르다가 그만 떨어지고 말았다. 놀란 마음에 부엌에서 뛰쳐나가 맨발인 줄도 모른 채 아이를 업고 병원으로 달려갔다. "하나님, 제발 우리 아이만…" 수없이 되뇌며 떨리는 마음을 진정시켰다. 크게 다친 곳은 없다며 의사가 말해주었을 때, 다리에 힘이 풀려 주저앉을 뻔했다. 그제야 맨발인 것을 깨달았지만, 아이가 무사한 것이 무엇보다 감사했다.

잔디밭에서 생일잔치도 열었다. 둥근 짚 멍석을 깔고, 내가 만든 케이크와 떡, 과일과 과자를 늘어놓고 친구들을 초대했다. 아이들이 재잘거리며 축하 노래를 부르고, 공책·연필·색종이 같은 소박한 선물을 꺼내놓는 모습은 참 따뜻했다. 그날 온 아이들 모두에게 봉숭아 물을 들여 '정원의 추억'을 남겨주었다.

여름이면 잔디밭에서 물놀이도 했다. 장독대 아래 커다란 고무통에 물을 가득 채워놓고, 계단 위에서 물속으로 뛰어내리게 하면 풍덩! 튀어 오르는 물이 온몸을 적셔주었다. 우리 집만의 여름 피서였다. 물놀이 후에 먹던 차가운 수박은 그 어떤 것보다 달았다.

가을이면 사과나무와 대추나무에 열매가 주렁주렁 열렸다. 아이가 낮잠에서 보채면, 사과나무 아래로 데리고 나가 "사과가 어디 있을까?" 하며 고개를 갸웃거리게 했다. 그러면 어느새 울음을 뚝 그쳤다. 대추를 털어 모아 큰 소쿠리에 담을 때면 아이들도 함께 뛰어다니며 좋아했다. 수확의 즐거움을 이웃과 나눌 수 있어 더욱 풍요로웠다. 국화가 피는 계절이 오면 대문을 활짝 열어두고 이웃들과 꽃구경을 했다. 멍석 위에 둘러앉아 부침개와 떡, 과일을 나누고, 웃고 떠들다 보면 어느새 해가 기울었다.

큰아이 초등학교 입학 무렵 지었던 집. 13년을 살며 우리는 이 집에서 참 많은 행복을 누렸다. 하지만 시골에 계신 시어머님을 모시기 위해 방이 더 필요해 결국 이 집을 팔고 떠나게 되었다. 정든 집을 떠나던 날, 마치 오래 품어온 벗을 보내는 듯 가슴이 시렸다.

언젠가 다시 아름다운 정원과 향기로운 이웃들을 만날 수 있을까. 지금도 우리는 그 옛집 이야기하며 따뜻한 추억을 꺼내곤 한다. 세월이 흐른 뒤에야 알았다. 그 집은 단순한 집이 아니라, 우리 가족을 품어준 큰 그릇이었다는 것을. 그 소중한 집에 뒤늦게나마 고마움을 전하고 싶다.

서리맞은 무의 기적

계절이 문턱을 넘는 시기, 환절기다. 겨울은 떠날 채비를 하면서도 아직 움츠러든 우리의 몸을 꼭 붙들고 놓아주지 않는다. 마음은 이미 봄기운을 좇는데, 몸은 여전히 동짓달 끝자락에 머물러 있는 듯하다. 나이가 들수록 이런 간극은 더 커지는 것 같다. 이럴 때면 문득, 옛 어른들이 '환절기의 수문장'이라 부르던 무엇이 그리워진다.

우리 가족 중에 비염과 감기로 겨울을 힘겹게 보내는 이가 있어 늘 마음이 쓰였다. 폐를 따뜻이 하고 건강하게 해야 한다는 걸 알고 있었지만, 막상 무엇을 어떻게 해야 할지 알 수 없어 답답했다. 병원에 다녀도 잠시뿐, 손수건을 여러 장 들고 다니는 모습을 보면 도와주고 싶은 마음이 간절했다.

그런 고민 속에 우연히 '신약'을 만났다. 책 속에서 무엿 이야기가 나오는 순간, '바로 이거다' 싶었다. 인산 김일훈 선생은 우리 주변에 수많은 영약이 있는데도, 사람들이 제대로 쓰지 못한 채 병으로 고통받는 현실을 안타까워했다. 그래서 자신의 경험을 토대로 약재 배합과 달이는 법까지 소상히 기록해 누구나 만들 수 있도록 전했다.

무엿은 서릿발 서린 무에 폐와 기관지를 돕는 약재를 더해 독성을 중화시키고, 몸에 이로운 성분을 극대화한 것이다. 행인과 백개자는 기침·가래·천식 등에 좋고, 마늘과 생강은 몸을 따뜻하게 하여 원기를 북돋운다. 서리 맞은 무는 약성과 향이 더 깊어진다고 한다. 또 산조인과 행인은 위장을 편하게 하고 마음을 안정시켜 숙면을 돕는다고 했다.

처음엔 사서 먹였다. 하지만 가격이 만만치 않아 오래 복용하기가 부담스러워 직접 만들기로 결심했다. 가장 먼저 한 일은 무와 마늘을 퇴비와 유황으로 농사짓는 일, 그다음은 베란다에 가스를 설치하고 업소용 곰솥을 들이는 일이었다. 남편의 강한 반대를 며칠이나 설득하고 달래서야 비로소 곰솥을 사기 위해 함께 나설 수 있었다.

무 10kg을 굵게 채 썰고 마늘, 생강, 약재를 볶아 분쇄한 뒤 함께 넣어 일곱 시간을 끓인다. 식힌 뒤 엿기름 넣어 열여섯 시간 삭이고, 자루에 넣어 짜낸 맑은 물을 다시 일곱 시간 졸인다. 이렇게 해서야 드디어 '무엿'이 된다. 투정을 부렸던 값이 괜한 게 아니라는 걸 그때 알았다. 긴 시간 불 옆을 지키는 수고에 비해, 완성된 무엿 양은 참으로 적었다. 무가 엿이 되는 길은 고단하고도 정성스러운 여정이었다. 완성된 무엿은 뜨거운 물이나 생강차에 타 마신다. 죽염을 곁들이면 더 좋다. 가끔 먹는 것보다 일정한 기간 꾸준히 먹는 것이 훨씬 효과적이다.

예전엔 겨울만 되면 남편이 외출하고 올 때마다 검은 봉지를 들고 들어왔다. 혹시 내 간식인가 하고 기대했다가, 봉지 안 가득 쌍화탕과 감기약을 보고 피식 웃은 적도 많다. 무엿을 먹기 시작한 뒤로부터 그런 약봉지는 점점 자취를 감췄다. 어느 겨울부터는 감기약 없이도 무사히 지냈다. 그 모습을 볼 때마다 그동안의 고단함이 눈 녹듯이 사라졌다.

무엿을 이루는 모든 재료가 자연에서 온 것들이다. 우리는 자연을 늘 가까이 두고도 그 고마움을 잊곤 한다. 김장을 마치고 무가 넉넉해지는 계절이면 무엿 만들기는 어느새 우리 집의

연중행사가 되었다. 마음만 열면 우리 주변에 약재가 참 많다. 다만 바라보는 우리 눈이 잠시 흐렸을 뿐이다. 조금만 더 귀 기울이고 정성을 쏟는다면, 건강한 삶은 그리 먼 곳에 있지 않을 것이다.

방앗간의 향기

어릴 적 우리 주방 찬장에는 소박한 양념들이 나란히 자리하고 있었다. 지금처럼 세련된 용기가 있었던 것이 아니어서, 소독한 소주병을 기름병 삼아 쓰곤 했다. 참기름과 들기름은 늘 같은 자리에 놓여 있었는데, 그중에도 참기름은 귀한 손님처럼 조심스레 아껴 쓰던 양념이었다. 음식을 다 만든 뒤 마지막에 한두 방울 떨어뜨릴 때면, 병 입구에 맺힌 작은 한 방울마저도 아까워 손가락으로 훔쳐 쓰곤 했다. 그 시절에는 마트보다 방앗간에서 갓 짜온 참기름을 더 귀하게 여겼다. 시장 어귀나 마을 한쪽에는 어김없이 방앗간이 있었고, 그 앞을 지나기만

해도 고소한 냄새가 코끝을 간질였다. 향기를 더 맡아보겠다며 코를 벌름거리던 어린 우리들 모습이 지금도 선하다. 방앗간 안쪽에는 연탄불에 달궈진 무쇠 솥이 뜨겁게 숨을 쉬고, 긴 나무 주걱으로 깨가 고르게 볶아졌다. 잠시 후 볶은 깨가 착유기를 지나갈 때면, 쇠막대를 돌리는 순간 '주르륵' 하고 노란빛 기름이 흐르기 시작했다. 갓 짜낸 기름은 준비해 간, 병에 담기고 신문지로 정성스레 말아 종이봉투에 넣어 우리 손에 건네졌다. 그 과정 하나하나가 주방에 고소함과 설렘을 더하던 작은 의식 같았다.

요즘은 예전과 달리 참기름보다 들기름이 더 사랑받는 듯하다. 아마도 들기름 막국수의 인기가 만들어낸 변화일 것이다. 동네마다 들어선 막국수 집에서는 들기름을 '특별한 풍미'의 재료로 대접하며, 어느새 익숙한 향이 되었다. 얼마 전 찾은 한식 코스요리 집에서도 들기름 국수가 나왔는데, 묵은지 위에 올린 한우 수육 한 점에 은은히 스며든 향이 오래 기억에 남았다. 구운 김을 살 때도 참기름과 들기름을 선택할 수 있게 되었고, 들기름이 건강에 좋다는 사실이 널리 알려지면서 그 인기는 더 높아졌다. 리놀렌산이 풍부해 체중 관리에 도움을 주고, 오메가-3 지방산이 혈관 건강을 돕는다는 점도 많은 사람을 끌어당기고 있다.

얼마 전에 직접 농사지은 들깨를 들고 기름집을 찾았다. 깨를 볶을지 말지 선택해야 했는데, 나는 맑고 담백한 맛이 좋은 생들기름을 짜달라고 했다. 볶지 않은 들깨로 짠 기름은 고소함이 덜하지만, 투명한 빛과 깔끔한 풍미가 매력이다. 요즘 기름집은 예전과 비교할 수 없을 만큼 위생적이다. 깨는 자동으로 세척되고 필터를 거친 뒤 볶는 기계로 들어가고, 이어 스테인리스 착유기로 옮겨진다. 기름이 흐르기 시작하면, 그 순간부터 나는 주변 사람들에게 작은 병 하나씩 나눠줄 모습을 떠올리곤 한다. 음식은 결국 '맛의 기억'으로 이어지는 것인지 모른다. 어릴 적 방앗간의 냄새와 풍경, 손에 따뜻하게 전해지던 종이봉투까지 그 모든 기억 속 기름집이 요즘 다시 돌아온 듯한 기분이 든다.

생들기름은 열을 가하지 않고 짜기 때문에 불포화지방산과 영양소가 그대로 살아 있는 것이 특징이다. 꾸준히 섭취하면 장이 편해지고 혈관 건강에 도움이 되며, 항산화 성분이 풍부해 면역력과 피부 건강에도 좋다고 한다. 볶은 들기름보다 맛이 더 깔끔하고 가벼워 일상적인 요리에 부담 없이 쓰기 좋다. 결국 볶은 들기름은 향을 깊게 드러내고 싶을 때 제격이고, 생들기름은 담백함과 건강을 바랄 때 어울린다. 두 기름이 서로 다른 자리에서 빛을 내듯, 우리 입맛도 세월을 지나며 조금씩 변해 왔다. 어느 날 문득 기름병을 열어 들기름 향을 맡으면, 오래된 방앗간 풍경이 조용히 되살아난다.

연탄불 위에서 돌던 무쇠솥, 코끝을 간질이던 고소한 냄새, 신문지에 따뜻하게 감겨 건네주던 작은 병 하나 - 그 모든 순간이 다시 내 앞에 펼쳐지는 듯하다. 기름 한 방울에도 시간이 깃든다는 것을, 나는 이제야 깨닫는다. 오래된 향은 사라지지 않고, 이렇게 또 다른 계절의 맛으로 되돌아온다.

4장

봄 숲은 희망이다

봄 숲은 희망이다

　내게 봄은 겨울 동안 고갈된 활력을 되찾는 회복이며, 현실의 어려움을 버틸 수 있게 도와주는 희망이다. 언제부턴가 나는 입춘이 지나도 봄을 쉽게 느끼지 못하고, 한참 늦은 3월이 되어야 비로소 봄이 문을 두드리는 듯하다. 아직 바람 끝은 차갑지만, 그 속에서 봄은 어느새 조용히 몸을 풀고 있다.

　봄비는 유난히 찬찬하다. 떠들썩함 없이 고요히 내리는 그 비 덕분에 새순과 어린 움이 세상 밖으로 고개를 내밀기가 한결 수월해진다. 봄비에 젖어 푸르게 돋아나는 새 생명들을 바라보고 있으면, 내 마음에도 어느새 생기가 머금어진다.

산빛 또한 말할 수 없이 곱다. 풀과 나무에 갓 돋아난 싹들은 완두콩처럼 여리고 부드러운 빛을 띠며, 산벚꽃과 작은 들꽃들까지 더해져 산색은 한층 다채로워진다. 가까운 산은 가까운 대로, 먼 산은 먼 대로 저마다 다른 빛을 품은 채 변주를 이룬다. 해가 뜨는 아침에는 말끔하고, 석양 즈음이면 눈을 떼기 어려울 만큼 찬란하다. 산등성이에 걸린 잔광은 잠시라도 놓치기 아쉬운 아름다움이다.

봄이 숲에 닿으면, 숲은 거대한 변화 속으로 들어선다. 봄의 숲은 생명과 희망으로 가득 차 우리에게 기쁨과 탄성을 주는 동시에, 경외와 겸손을 일깨운다. 그 속에서 우리는 생명의 존귀함을 배우고 살아갈 용기를 얻는다. 봄꽃이 한꺼번에 피어오르면 산과 들은 화려한 물결을 이루고, 숲속에서 마주하는 산벚꽃의 향연은 메말랐던 마음을 몽글몽글하게 만든다. 연녹색 새싹이 돋아나는 이 계절, 온 산은 부드러운 초록으로 출렁이며 생명을 노래한다.

봄의 나무와 숲은 역동과 신비로 가득하다. 오전, 오후의 빛에 따라 조금씩 색이 달라지고, 하루에도 몇 번이나 표정을 바꾼다. 그 변화 속에서 우리는 비로소 '살아 있음'을 느낀다. 겨울 숲이 적나라한 진실을 보여준다면, 봄의 숲은 다양한 생명의 얼굴들을 차례로 펼쳐 보인다.

숲을 자세히 들여다보면 나무에도 제각각 성품이 있다. 성격 급한 나무는 빨리 잎을 틔워 자신을 뽐내고, 느긋한 나무는 아직도 겨울잠 속에 머문다. 꽃망울을 먼저 터뜨리는 나무는 늦추위에 다치기도 한다. 그럼에도 모든 나무는 겨울 내내 움츠려 품었던 생명을 다시 세상에 펼쳐 보인다. 이런 봄 숲의 일렁임이 무뎌진 우리의 감각을 다시 깨운다.

막 돋아나는 새순의 초록은 여름의 짙은 초록과 다르게 해맑고 부드럽다. 이 눈부신 광경을 바라보고 있으면 잃어버렸던 감각이 서서히 되돌아오는 듯하다. 회복된 감각은 곧 삶의 활력으로 이어진다. 오래전 조상들은 이런 예민한 감각으로 바람의 결을 읽고, 멀리서 들려오는 짐승 소리로 위험을 감지하며 살아왔다. 그러나 현대의 우리는 수많은 인공 음과 오염된 환경 속에서 본래의 감각을 잃어버리고, 정신적·육체적 질병에 시달린다. 감각을 되찾는 일은 건강한 삶으로 돌아가는 길, 인간 본연의 자리로 향하는 길이다.

봄 숲은 그 회복을 위한 문을 조용히 열어 준다. 숲이 건네는 감각들은 우리의 몸과 마음에 닿아 자연스레 포근한 위안을 준다. 지치고 움츠렸던 마음은 봄 숲에서 다시 새 힘을 얻는다.

일상 속 초록빛과는 비교할 수 없을 만큼, 숲의 초록은 깊고 순수하다. 봄 숲의 색은 마치 파스텔처럼 부드럽고 은은하여, 그 아름다움을 말로 온전히 담아내기 어렵다.

어느 봄날 숲을 거닐며, 지루하고 힘겹기만 하던 삶이 사실은 소중하고 희망으로 가득한 것이었다는 사실을 비로소 깨달았다. 봄의 숲은 분명, 회복과 희망의 원천이었다.

여름밤의 풍경

지친 몸을 잠시 내려놓으려 오랜만에 공중목욕탕을 찾았다. 사람들로 가득한 탕 안에는 포동포동한 어린아이들, 바쁜 일상에서 잠시 쉬러 온 젊은 엄마들, 그리고 세월의 흔적이 얼굴과 온몸에 켜켜이 쌓인 할머니… , 다양한 삶이 따뜻한 물 위에 포근하게 떠 있었다. 따끈한 물에 몸을 담그자 오랫동안 굳어 있던 피로가 풀리며 온몸의 세포가 소리 없이 기지개를 켰다. 옷을 벗은 어린 여자아이들이 갓 익어가는 열매처럼 사랑스럽다. 그 아이들을 바라보노라니, 내 아이들 손잡고 목욕탕을 드나들던 그 아련한 겨울날들이 떠 올랐다.

아이들이 어렸을 때, 추운 집에서 목욕시키기 어려워 근처 대중목욕탕을 찾곤 했다. 아이 여럿을 데리고 표를 사러 가면 주인은 반갑지 않은 얼굴로 수건과 거스름돈을 내밀었다. 아이들은 때 미는 것이 싫어 발을 동동 구르면서도 목욕 후의 개운함과 맛있는 간식의 유혹을 포기하지 못해 결국 따라나섰다.

탕에 자리 잡고 앉기까지도 작은 전쟁이었다. 서로 엉덩이를 비집어 밀고 당기다 보면 아이들은 어느새 물장난이 한창이었고, 나는 그 틈에 서둘러 머리를 감았다. 그러던 어느 날, 갑자기 아이가 물에 빠졌다는 소리가 들려왔다. 비누 거품을 잔뜩 이고 번쩍 고개를 들었더니, 세상에…, 딸이 탕 속에서 허우적거리고 있었다. 가슴이 철렁 내려앉았지만, 곧장 건져 올려 품에 안고 어르니 아이는 한참을 울다 내 체온에 기대어 겨우 진정되었다. 그 시절 나는 바닥에 미끄러질까, 탕에 빠질까, 늘 조마조마하며 아이들을 씻기고 데려 나오곤 했다. 그럼에도 목욕을 마치고 나면 뽀얀 볼과 한층 자란 듯 보이는 아이들 모습이 내 많은 고단함을 잊게 했다.

내 고향은 짙은 녹음과 매미 소리 가득한, 사람 사는 냄새가 나던 곳이었다. 한여름엔 조금만 움직여도 숨이 턱턱 막히고 땀이 줄줄 흘러내렸다. 소낙비가 한바탕 대지를 적셔야 눅눅한

더위가 가셨고, 비를 맞은 나무들이 생기를 되찾아 잎을 팔랑거리며 춤을 췄다. 마을 한가운데 돌을 쌓아 만든 큰 샘이 있었다. 샘가 한편엔 비스듬히 누운 오래된 향나무가 세월을 말해주었고, 그 아래로 맑은 물이 줄줄 흘렀다. 그 물로 보리쌀 씻고 나물 다듬고 빨래했다. 여름밤이면 그곳이 동네 공중목욕탕이었다.

고등학교 시절 어느 여름밤이 아직도 눈앞에 선하다. 낮 동안 땀을 쏟으며 일하던 아낙네들은 저녁밥을 짓고 나서야 비로소 한숨 돌릴 수 있었다. 달빛이 어스름하게 마을을 비추기면, 나는 답답한 더위를 견디지 못하고 샘으로 나가곤 했다. 그 시간엔 아낙들이 물지게를 지고, 빨래를 담은 대야를 들고 모여들었다. 구름 뒤로 슬며시 달이 숨어 어둑해지면, 누가 먼저랄 것 없이 옷을 벗어 향나무 가지에 걸어두었다. 찬 샘물 한 바가지 몸에 끼얹는 순간, 더위는 단박에 사라졌다. 나와 친구도 뒤섞여 물을 끼얹고 웃고 떠들었다. 여기저기서 물 튀는 소리, 웃음소리가 퍼져나갔다. 하루의 고단함이 물속에 씻겨 내려가던 시간이었다.

그런데 그때, "사람이 마시는 샘에서 무슨 짓들이냐!" 마을 어귀에 사는 박 씨 할아버지의 호통이 울려 퍼졌다. 순식간에 여인들은 옷도 챙기지 못한 채 얼굴만 가리고 논둑, 밭둑으로 우왕좌왕 흩어졌다. 은은한 달빛 아래 아름다운 여체들의 난무하는 광경은 어디서도 볼 수 없는 진풍경이었다. 숨었던 달님도 재미있는지 웃으며 더 환히 비추었다. 나와 친구는 허둥대다 논에 빠져 진흙투성이가 되었고, 놀란 가슴을 쓸어내리며 서로를 바라보고 웃었다. 할아버지의 불호령이 무섭기도 했지만, 우리는 그가 악의 없는 사람이라는 걸 알고 있었다. 그래서 놀란 와중에도 마음 한구석엔 묘한 정겨움이 남았다.

샘가에서는 사람들의 마음도 함께 씻겨 내려갔다. 시집살이 설움, 남편에 대한 속내, 말 못 할 고민까지 물에 적셔 흘려보내면 어느새 마음이 홀가분해졌다. 목욕을 마치면 나는 물지게로 물을 길어 어머니의 땀을 씻어 드렸다. 달빛 가득한 마루, 배나무 아래서 들리던 풀벌레 소리, 멀리서 잔잔하게 울리던 하모니카…, 그 모든 것이 여름밤의 풍경이었다.

탕 안에 몸을 기댄 채 그 시절을 떠올리니 세월의 흐름이 새삼스럽다. 그때 샘은 불편했지만 이웃끼리 서로를 배려하던 따뜻한 정이 넘치는 곳이었다. 지금의 목욕탕은 깨끗한 시설에 찜질방까지 갖춘 훌륭한 휴식처지만, 목욕탕에 올 때마다 나는 여전히 고향의 목욕탕 풍경이 떠오른다. 바가지로 물을 끼얹어

주며 정을 나누던 그때 사람들, 물이 새던 낡은 바가지, 서로의 마음을 나누며 웃음꽃을 피우던 풍경….

그 모든 것이 내 마음속에 샘물처럼 오래도록 그리움으로 맑게 흐른다.

내 삶을 바꾸는 작은 약속

인생을 조금 더 나은 방향으로 돌리기 위해서는, 오래된 습관도 기꺼이 손볼 줄 알아야 한다. 흔히 '세 살 버릇 여든까지 간다'고 하지만, 마음을 다잡고 다시 시작한다면 굳어진 버릇도 서서히 바꿀 수 있다. 우리 의식이 깨어 있는 동안, 그 의식이 이끄는 대로 한 걸음씩 삶의 방향을 바꾸려는 노력이 있다면, 낡고 필요 없는 습관을 조용히 내려놓을 수 있다.

말처럼 쉬운 일은 아니다. 새로운 습관이 몸에 자연스레 스며들기까지 오랜 시간을 견뎌야 한다. 처음에는 어색하고 서툴고, 때로는 스스로 실망하며 포기하고 싶어지기도 한다. 그러나 반복은 참으로 묘한 힘을 지닌다. 마음속으로 여러 번 다져 보고, 말로 꺼내어 의지를 확인하고, 글로 적어 나에게 약속하면 어느새 몸이 그 방향을 기억하기 시작한다. 그렇게 되풀이되는 시간 속에서 '할 수 있다.'는 믿음이 파릇하게 돋아난다. 확신이 자리 잡는 순간, 새 습관은 우리 안에 조용히 뿌리내리고, 이는 곧 새로운 나를 향한 첫걸음이 된다.

누구나 승자가 되고 싶어 한다. 하지만 승리란 거창한 결심에서 비롯되는 것이 아니라, 하루하루의 작은 반복에서 시작된다. 잠깐이라도 목표를 떠올리고, 성취한 내 모습을 그려보는 시간만 가져도 마음의 방향은 달라진다. 심리학에서는 새로운 행동이 습관이 되려면 약 21일의 반복이 필요하다고 말한다. 뇌 속에 새로운 회로가 자리 잡는 데 14일에서 21일이 걸린다니, 그 기간에 자신이 바라는 모습을 분명히 그려두고 꾸준히 실천한다면 원하는 사람으로 자신을 조금씩 빚어갈 수 있다. 결국 성공은 특별한 재능보다, 오랜 시간 쌓아 올린 의식과 습관의 결과라 하겠다.

한 시각장애인 연주자를 알고 있다. 악보를 볼 수 없음에도 눈을 감은 채로도 하모니카를 자유롭게 연주하는 사람이다. 그의 손끝과 입술에서 흘러나오는 소리는 감정까지 담겨 있어 듣는 이들 가슴을 깊이 울린다. 그 비결을 묻자 그는 미소 지으며 말했다. "할 수 있는 게 많지 않았으니, 할 수 있는 이것 하나라도 제대로 하고 싶었어요. 온종일, 수십 번, 지치도록 불렀지요. 그러다 보니 어느 순간 손도 입도 저절로 움직이더라고요." 그는 끝없는 반복 끝에 무의식의 경지에 닿았고, 지금은 노래 봉사를 다니며 더욱 활기차고 의미 있는 삶을 살고 있다. "여러분도 할 수 있어요."라는 그의 말은 지금도, 앞으로 오래도록 내 마음에 남아있을 것이다.

요즘 나는 이 '21일의 법칙'을 내 삶에도 적용해보려 한다. 우리 집은 저녁 시간이 일정치 않아, 약 먹는 시간도 잠드는 시간도 자연히 늦어지곤 했다. 여름철 텃밭 일을 하다 보면 더위를 피해 저녁이 늦어지는 날이 많았지만, 이제는 바람도 선선해지고 계절도 한층 여유로워져 결심했다. 저녁은 여섯 시쯤, 취침은 열 시 이전. 아주 작은 변화지만 21일 동안 차근차근 지켜보려 한다. 내 하루가 조금 더 건강하게 흐르기를 기대하며.

때때로 나 자신이 뒤처진다고 느낀다. 그러나 아무리 마음이 약해져도, 백 번 반복해 안 되는 일이 과연 얼마나 있을까. 어떤 분야에서 최고가 되려면 최소 십 년의 준비가 필요하다는 말처럼, 꾸준함은 모든 성취의 토대다. 노력은 때를 만나면 반드시 열매를 맺는다.

무엇을 하든 마음을 다해 임하는 습관이 몸에 배기 시작하면, 그는 이미 반쯤 승리한 사람이다. 자아상도 그렇다. '나는 이런 사람이다'라는 믿음은 우리가 오래도록 쌓아온 생각과 행동의 결실이다. 익숙한 공기나 매일 입는 옷처럼 자연스러워도, 바람직하지 않은 모습이라면 과감히 벗어 던질 줄 알아야 한다. 타고난 재능보다 중요한 것이 습관이다. 작은 실천들이 모여 습관을 만들고, 그 습관이 덕을 쌓고, 덕이 인격을 만든다. 나이가 들었다고 더 나아질 수 없다는 법은 없다. 마음을 열어 새로운 습관을 받아들일 수만 있다면, 우리는 언제든 새로운 사람이 될 수 있다.

금혼을 맞이한 당신에게

당신과 인연을 맺은 지 어느덧 오십 해가 되었네요.

한평생이라는 시간이 이렇게 순식간에 지나가 버릴 줄 미처 몰랐습니다. 참 세월이 빠르지요. 우리는 중매로 만나 처음 인사를 나누었지요. 사리가 분명하고 곧은 사람 같았고, 고집이 조금 있어 보였지만 부드러운 미소를 지녔던 당신. 첫눈에 '따뜻한 사람'이라는 느낌이 들었고, 그때의 예감은 세월이 흘러도 한 번 틀린 적이 없었습니다. 부지런하고 자상한 당신은 늘 가족을 웃음으로 이끌며, 작은 집 안을 세상에서 가장 포근한 보금자리로 만들어 주었습니다.

우리는 네 남매를 낳고 기르며 기쁨과 고난을 함께 건너왔지요. 무거운 짐 나누어지고, 기쁜 일은 두 배로 늘리며 두 손 꼭 잡고 걸어온 세월이었습니다. 봄이면 정원 가득 피어난 라일락 향기가 수줍은 여인처럼 방 안에 스며들었고, 그 향을 오래 맡으려고 방문을 열어두던 날들이 아직도 그립습니다. 가을이면 국화를 정성껏 가꾸어 이웃들과 그 아름다움을 나누던 당신의 마음 씀씀이가 얼마나 따뜻했는지요. 당신 덕분에 우리 집은 언제나 계절보다 먼저 꽃이 피고, 웃음도 피어났습니다.

하지만 인생이 늘 꽃길만은 아니지요. 어느 날 불청객처럼 찾아온 당뇨는 나의 삶에 깊은 그림자를 드리웠습니다. 건강을 되찾기 위한 싸움은 끝이 보이지 않는 전쟁 같았고, 때로는 포기하고 싶을 만큼 마음이 무너져 내렸습니다. 사십 년 가까이 함께한 이 병도 이제는 미운 정, 고운 정든 친구처럼 느껴져 마음을 고쳐먹고 나니 한결 편해지더군요. 그 시절, 힘들어하는 나를 바라보며 속으로만 끙끙 앓던 당신 눈빛을 생각하면 지금도 가슴이 아립니다.

어느 날, 시어머니를 모시던 중 뜻밖의 사고로 내가 척추를 크게 다쳤지요. 구급차에 실려 병원으로 향하던 그 순간, 당신이 숨 가쁘게 달려와 내 손을 꼭 잡으며 "이만하길 천만다행이야."하고 떨리던 목소리를 나는 아직도 또렷이 기억합니다. 의사가 하반신 마비 가능성을 말했을 때, 세상이 무너지는 듯했지만, 당신은 단호하게 말했지요. "걱정하지 마. 혹시 불구가 되더라도 끝까지 함께할 거야." 그 한마디가 나를 다시 붙잡아 일으켜 세웠습니다. 그 말에 힘을 얻어 나는 견딜 수 있었습니다.

가슴부터 허리까지 단단히 깁스한 채 꼼짝할 수 없던 그 여름, 삼복더위보다 더 견디기 어려웠던 것은 '다시는 일어나지 못하면 어쩌나' 하는 두려움이었습니다. 밤이면 휠체어에 앉은 내 모습이 꿈으로 나타났고, 눈물로 베개를 적시던 날도 많았습니다. 하지만 퇴근 후 당신이 조용히 내 손등에 입을 맞추며 "오늘도 잘 참아줬구나." 해 주던 그 말 한마디에 하루의 고통이 거짓말처럼 사라졌습니다. 물 적신 수건으로 내 몸을 닦아 주던 당신의 손길, 그 온기를 나는 평생 잊지 못할 것입니다.

당신이 곁에 있었기에, 나는 다시 걸을 수 있었습니다. 병마와 사고로 멍들었던 마음은 당신의 사랑으로 천천히 치유되었지요. 반년의 긴 투병 끝에 건강을 되찾았을 때 나는 깨달았습니다. 사랑은 거창한 말로 증명되는 것이 아니라, 매일의 작은 행동과 희생으로 존재한다는 것을. 당신과 아이들의 따스한 정성이 내 삶을 다시 밝히는 등불이 되어 주었습니다.

돌아보면, 참 운 좋게도 당신을 만났습니다. 못난 나를 맞아 고생 많았지요. 미안하고, 또 고맙습니다. 세상 모든 생명은 아프고 흔들리며 살아가지만, 그 흔들림 속에서 내가 버틸 수 있었던 건 오직 당신 덕분이었습니다. 이제는 내 어깨 위에도 꽃향기가 피어나길 바라며, 남은 세월 또한 당신과 함께하도록 하겠습니다.

우리 자녀들이 건강한 몸으로 교단에 서서 아이들을 가르치고, 손주들이 해맑게 자라나는 모습을 보면 더 바랄 것이 없습니다. 당신의 사랑 안에서 네 남매를 키우느라 거칠어진 내 손마디는 이제는 자랑스러운 삶의 흔적입니다. 가족 모두가 신앙 안에서 성가정을 이루고, 내가 글을 통해 내 삶을 되돌아볼 수 있게 된 것 또한 커다란 축복입니다.

어느 날 냉면집에서 당신이 내 냉면 사리를 잘라주며 "이제 먹기 편하겠지?" 하고 웃어 주던 그 순간, 그 소박한 다정함이 마음속 깊이 평화를 남겼습니다. 부부란 세월 속에서 서로의 모난 부분을 감싸 안고, 그 모남마저 장점으로 받아들이는 사이가 아닐까요.

요즘 나는 김춘수 시인의 말을 자주 떠올립니다. "너가 좋으면 나도 좋다."

이제는 쫓기듯 살아온 인생의 짐을 조금 내려놓고 싶습니다.
남은 세월 당신과 함께 천천히 걸으며, 아름답게 갈무리하고
싶습니다.

당신, 정말 고마워요. 그리고 여전히, 언제나 사랑합니다.

당신의 아내가

느릅나무

속리산 법주사의 상징인 미륵대불이 새로 황금빛 옷으로 갈아 입었다. 금박을 입히는 개금불사가 마침내 마무리된 것이다. 금 동대불을 직접 보고 싶다는 남편의 말에 우리는 속리산으로 향 했다. 사계절 언제 찾아가도 아름다운 산세가 발길을 저절로 이 끄는 곳, 갈 때마다 마음을 머물게 하는 절, 법주사였다. 가까이 다가가 대불을 올려다보니 맑은 하늘 아래 거룩하고 인자한 모 습이 온 세상을 품고 있는 듯했다. 경내는 사람들로 붐볐고, 우 리는 천천히 둘러본 뒤 산길을 내려오다 뜻밖에 교통사고를 당 했다. 남편과 나는 그 충격으로 한동안 병원 신세를 져야 했다.

그 무렵, 아들이 소화가 되지 않는다며 식사를 자주 거르곤 했다. 젊은 사람에게 무슨 큰일이 있겠냐며 대수롭지 않게 넘겼지만, 병원 검진 결과는 위암이었다. 그 소식을 듣는 순간, 세상이 무너져 내리는 듯했다. 몸과 마음이 동시에 깊은 수렁 속으로 가라앉았다. 아들은 서울의 병원에서 수술을 받았다. 나는 다리에 깁스를 한 채 병상에 누워, 눈물로 기도하는 것밖에 할 수 있는 일이 없었다. 다행히 수술은 성공적이었고 열흘 만에 퇴원했지만, 며칠 지나지 않아 항문 주위에 작은 물집이 생기더니 포도송이처럼 번져갔다. 병원에서는 약을 쓰지 말라고 했기에 어떻게 해야 할지 막막하기만 했다.

그때 신약서에서 우연히 '유근피', 즉 느릅나무 껍질의 효능을 읽게 되었다. 여러 질병을 다스리고, 특히 위암에 효과가 있다는 내용이었다. 껍질이 두꺼울수록 약성이 좋다고 하여 시숙께서 뿌리껍질을 구해 오셨다. 그 물로 차를 달여 마시고 밥을 지어 먹기도 했다. 알고 보니 유근피는 암 예방뿐 아니라 궤양 치료, 면역력 강화, 부종 완화, 불면증 개선에도 도움이 된다고 한다. 물 2리터에 깨끗이 씻은 껍질 50g을 넣고 달이면 되는데, 은은한 연분홍빛이 돌며 향이 거의 없고 물맛도 부드럽다.

아무리 바쁘고 세상일에 지쳐도, 집으로 돌아오면 남자는 아버지가 된다. 어린 자식을 위해 그네에 못을 박아주고, 저녁 바람에 문을 닫으며, 마당의 낙엽을 쓸어내던 사람. 아들은 그런 아버지를 보며 자랐다. 그러나 젊은 날에는 반항도 하고, 부모의 뜻을 거스르기도 했던 아들이었다. 병을 앓고 나서야 비로소 아버지의 외로움과 깊은 사랑을 느끼게 된 듯했다.

남편은 들통에 물을 가득 붓고 유근피를 넣어 달였다. 처음엔 센 불로 끓이고, 뿌리를 건져낸 뒤 약한 불에 오래 졸여 고약처럼 되게 만들었다. 아들은 어머니보다 아버지에게 약을 발라 달라고 했다. 남편은 하루에도 수차례, 밤새 잠을 설쳐가며 약을 발라주었다. 일주일쯤 지나 증상이 호전되더니 한 달 후에 흔적도 없이 깨끗이 나았다.

옛날에는 생계를 위해 유근피 전분으로 떡을 만들어 먹기도 했는데, 지금은 건강식품으로 널리 사랑받는다. 다만 뿌리를 캘 때는 나무가 다시 자랄 수 있도록 적당히 취하는 것이 자연에 대한 예의다. 또한 유근피는 성질이 차기 때문에 몸이 냉하거나 마른 사람은 주의해야 하며, 점액질 탓에 소화가 더뎌질 수 있다. 느릅나무는 봄의 향기를 품은 쌍떡잎 낙엽 교목이다. 키는 20미터까지 자라고, 굵은 줄기 아래로 드넓은 그늘을 드리운다. 여름이면 새들이 둥지를 틀 수 있게 품을 내어주고,

겨울이면 포근한 이불처럼 눈을 받아 안는다. 자연의 뿌리에서 이렇게 놀라운 치유의 힘이 나온다는 것이 놀랍다.

요즘도 손주들이 모기나 벌레에 물려 가렵다고 하면, 그때 만든 고약을 발라주곤 한다. 금세 가려움이 가라앉는다. 그 약은 지금도 냉장고 속에 고이 보관되어 있다. 초록빛 자연을 바라보는 것만으로도 마음은 환해진다. 조물주께서 자연 속에 병을 고치고 마음을 어루만질 수 있는 선물을 담아두셨음을 이제야 깊이 깨닫는다. 머리카락 사이로 스치는 바람의 손길에 돌덩이처럼 무겁던 머리가 가벼워지고, 몸의 통증도 천지의 고요 속에서 조금씩 사라져간다.

누구나 인생의 어느 순간, 반드시 건너야 할 강을 만난다. 그 강이 두려운 것은 용기가 없어서가 아니다. 삶을 사랑하기에, 다시 일어서기 위한 힘을 얻어야 하는 것이다. 추억은 누구도 앗아갈 수 없는 우리의 보물이며, 그 안에 아름다운 인연이 깃들어 있다면 우리는 복된 사람이다.

추억이 없다면, 마음이 가난한 것이다. 날마다 착한 일을 하고, 때때로 지난 시간을 되돌아보자. 나는 이렇게 고백한다. '고맙다, 느릅나무야.' 나도 너처럼, 내가 줄 수 있는 것을 다 주고 떠나고 싶다

가을의 추억

가을이 깊어갈수록 바람 끝은 점점 차가워지고, 들판은 황금빛 물결로 출렁인다. 농부에게 이 계절은 한 해 농사를 마무리하며 보람을 느끼는 고마운 시간이다. 자연은 아무런 조건 없이 따스한 햇살과 서늘한 바람, 곡식이 익어가는 풍경을 내어주고, 농부는 그 선물 속에서 묵묵히 흐르는 기쁨을 발견한다. 고단한 일상에서도 웃음이 피어나는 이유가 바로 여기에 있다.

농사란 때를 기다리고, 자연과 마음을 나누는 긴 인내의 과정이다. 내 작은 텃밭 농사도 마찬가지다. 전문적인 규모는 아니지만, 소박한 수확의 기쁨을 얻고 싶어 작물을 하나둘 심어

가꾸기 시작했다. 창문 밖으로 스쳐 지나가는 계절을 바라보며, 코로나 시절 마음속에 쌓인 두려움과 답답함이 쉽게 가시지 않던 날들이 떠올랐다. 살아가도 철이 들지 않는 마음은 바람에 흔들리는 나그네처럼 어디에나 걸쳐 있었다.

어느 날, 김장 무를 심을 때가 되었다며 건넨 어머니의 깊은 눈빛이 나를 일깨웠다. 씨앗을 뿌릴 시기를 놓치면 안 된다며 다독이는 그 말에 정신이 번쩍 들었다. 자연의 절기는 어김없이 돌아오는데 마음의 절기는 쉽게 회복되지 않는다는 생각이 스쳤다. 아직 마음이 늙었다고는 생각하지 않는다. 길가에 핀 코스모스가 어찌나 고운지, 그 옆모습만 바라보아도 절로 웃음이 난다. 다리가 아프도록 온종일 걷고 싶어지는 때다. 짙은 초록이 단풍으로 물드는 지금, 대지는 한 해 동안 품었던 보물을 아낌없이 쏟아내느라 분주하다.

문득 어린 시절의 기억이 아련히 떠오른다. "내일 벼 베기를 해야 한다."며 들판을 바라보던 어머니의 표정, 황금빛으로 물든 논이 너무 아름다워 조금만 더 두었다가 거두면 좋겠다는 내 마음을 어머니는 헤아리셨다. 하지만 어머니는 "비가 오면 열흘은 기다려야 해. 서둘러야지." 하셨다. 장마와 태풍, 병충해를 이겨낸 벼가 출렁이던 그 모습은 마치 개선장군 같았다. 논둑에서 새를 쫓던 나의 어린 모습도 함께 떠올라 마음이 저릿하다.

드디어 벼 베는 날. 어머니와 이웃 아주머니들은 밥 광주리를 이고 논으로 향하고, 강아지는 신이 나 꼬리를 흔든다. 울퉁불퉁한 길을 걷는 동안 어머니의 이마에 땀방울이 송골송골 맺혔다. "엄마, 제가 광주리를 이고 갈게요." 했더니, "논둑길은 위험하단다." 하며 어머니는 손사래를 치셨다. 나는 바가지 꾸러미를 들고 뒤를 따랐다.

논둑에 자리 잡고 소박한 밥상을 차렸다. 식사 전에 '고수레'를 올리고 김치와 나물, 무생채, 청국장, 꽁치 몇 토막을 곁들인 점심을 먹었다. 단출한 반찬이었지만, 들판에서 먹는 밥맛이 어찌나 달고 따뜻하던지 모두의 얼굴에 환한 웃음이 번졌다.

그 틈에 나는 메뚜기를 잡으러 논으로 내려갔다. 병 속에서 파닥거리던 메뚜기 소리가 마치 "살려 달라."며 애원하는 듯 들려와 마음이 철렁했다. 뚜껑을 열고 날려 보냈을 때, 그 작은 생명을 놓아준 내 마음이 한결 가벼워졌다. 식사 후 아주머니가 남은 밥에 무생채와 청국장을 넣어 비벼 주시던 바가지 비빔밥은 지금도 잊을 수 없는 맛으로 남아 있다.

봉숭아, 채송화, 맨드라미만 보아도 마음이 포근해지는 이유도 아마 그 시절 기억 때문일 것이다. 고향의 향기가 스며드는 듯, 마음이 어린 시절로 돌아간다. 자연이 들려주는 소리에 다시 귀 기울이며, 우리가 함께 가꿔 나갈 아름다운 고향을 조심스레 꿈꾸어본다.

5

숨결로 부르는 인생

추억 속의 겨울

겨울눈이 내린 다음 날을 두고 '거지가 빨래를 한다.'라는 속
담이 있다. 눈이 오고 나면 그 매서운 추위가 한풀 꺾여 잠시
누그러진다는 뜻이리라. 눈발이 흩날려야 겨울도 푸근한 기운
을 품는데, 요즘처럼 살 속으로 파고드는 찬바람이 계속되면
도무지 이 계절을 어떻게 견뎌내야 할지 걱정된다. 방 안에 앉
아 있어도 외풍이 이마를 차갑게 하고, 아침이면 윗목에 두었
던 자리끼까지 꽁꽁 얼어붙는다.

이른 새벽, 외양간에서 여물을 씹는 소의 입에는 따뜻한 김
이 연기처럼 피어오르고, 턱수염에 가느다란 고드름이 맺힌다.

요즘 겨울이 아무리 춥다고 한들, 어린 시절 시골 마을을 뒤덮던 그 한기를 따라가지 못한다. 난방 시설이 좋아지고 옷의 보온성도 크게 향상된 덕이겠지만, 어쩌면 지구의 온도가 조금씩 올라가고 있는 탓인지도 모른다. 그 시절처럼 겨울바람 속에서 부르르 몸을 떨며 사는 사람들은 이제 보기 어렵다.

나는 유난히 하얀 겨울을 좋아한다. 나비가 날갯짓하듯 눈송이가 흩날릴 때, 마음 깊은 곳에서부터 따뜻한 숨이 올라온다. 아침 문을 여는 순간, 장독대 위에 소복이 내려앉은 하얀 눈을 마주하면, 세상이 한순간 고요한 경전처럼 펼쳐진다. 그 위에 첫 발자국을 남길 때의 설렘을 아직도 잊지 못한다. 눈은 땅 위에 어지러운 것들을 감쪽같이 덮어주고, 마음속 깊이 가라앉아 있던 미운 감정들까지도 부드럽게 감싸는 신비한 힘을 지녔다.

눈길을 걷다 보면 머리칼 사이로 스며드는 찬바람이 흐릿하던 생각을 맑게 해준다. 몸속 깊은 곳에 숨어 욱신대던 아픔도 대지의 침묵 속에서 숨을 죽인다. 묵은 기운이 서서히 빠져나가고, 선뜻한 새로움이 서서히 자리를 채운다. 벌거벗은 나무에 새하얀 옷을 걸친 겨울 풍경에 마음마저 새로워진다. 대지는 흰 눈 이불을 덮고, 감정의 온갖 소란함도 잠시 가라앉는다.

어머니는 늘 겨울을 천천히, 정성을 다해 견디셨다. 추운 날씨에 언 몸으로 돌아올 가족들을 위해 갓 지은 따끈한 밥그릇을 아랫목 두툼한 솜이불 속에 묻어두시곤 했다. 나는 방에 들어서자마자 얼어붙은 발을 녹이려 급히 이불 속에 디밀었다 그만 밥그릇을 넘어뜨렸다. 꾸지람을 들은 나는 쭈뼛거리다 어머니 허리를 와락 끌어안았다. 그 순간만큼은 세상 어떤 것도 부러울 것 없는 따뜻함이 내게 가득했다.

겨울이 깊어질 무렵이면 어머니는 엿을 만드셨다. 장작이 귀해 방아 찧은 왕겨를 땔감으로 쓰는 수고로움을 마다하지 않으셨다. 엿물이 졸아들면 쉬지 않고 저어야 했고, 나는 아궁이 앞에서 풍구를 돌리며 왕겨를 뿌렸다. 불을 들여다보다 앞머리가 그슬린 적도 있고, 왕겨가 한쪽으로만 몰려 어머니께 꾸지람을 들은 적도 있다. 생강 향이 은은하게 스며든 엿이 완성되면 아버지에겐 갱엿을, 우리에게는 콩엿과 튀밥을 버무린 간식을 나누어주셨다. 생강 맛이 싫다 투정 부리던 나도 아버지의 건강을 위한 어머니의 마음을 알고는 조용히 입을 다물었다.

그 엿을 떠올리면 어머니의 손길이 고스란히 느껴져 마음이 저리다. 겨울 해는 짧아 저녁을 일찍 먹으면 금세 배 속이 허전해졌다. 군것질거리가 귀하던 시절, 고구마를 굽거나 무를 눈 속 구덩이에서 꺼내 깎아 먹었다. 눈 덮인 무를 캐오는 것이 싫어, 형제들과 가위 바위 보하며 서로 미루던 기억, 눈을 털어낸 뒤 부엌칼로 툭툭 찍어 방으로 가져오던 순간들이 생생하다. 입안을 아리게 하던 그 차갑고 달큰한 무맛이 지금도 그립다.

겨울철 저녁 무렵이면 우리 집 사랑방은 자연스레 마을 사랑방이 되었다. 쇠죽을 끓이는 불기운에 방은 늘 따뜻했고, 저녁상을 물리면 마을 사람들이 하나둘 모여들었다. 앉을 자리가 부족해 서서 이야기를 나누던 풍경까지도 정겨웠다. 손주 자랑, 농사 이야기, 막내 장가 이야기…. 사랑방 창살 사이로 흘러나오던 도란도란 말소리는 긴 겨울밤을 환하게 밝혔다. 요즘이라면 무슨 이야기를 나눌까. 아마도 코로나로 힘들다는 말, 세상살이가 팍팍해졌다는 하소연이 오갈지 모르지만, 옛 사랑방만큼 마음을 데우는 자리는 점점 드물어지고 있다.

겨울밤, 특별히 할 일이 없던 농한기에 마을 사람들은 새끼 꼬고 삼태기를 만들었다. 밤이면 장기를 두고 내기 화투를 치며 시간을 보냈다. 주막이 없던 시절이라 화투판이 벌어지면 어머니가 으레 주모가 되었다. 언 김치를 맨손으로 꺼내 양념해 묵사발을 내어주셨고, 큰 양푼 가득 담아 사랑방으로 보내면 모두가 둘러앉아 나누어 먹었다. 나는 그런 어머니가 안쓰러워 "어머니는 고지 먹었느냐?"고 투덜거리곤 했다. 그럴 때마다 어머니는 "안사람 인심이 후해야 바깥양반 출입이 넓지."라며 환하게 웃으셨다. 겨울밤의 차가움 속에서도 사람 사는 온기가 넘치던 시절이었다.

돌이켜보면, 어머니의 남을 먼저 생각하는 마음은 지금의 나를 지탱하는 깊은 울림이 되었다. 사람의 향기는 몸에서 나는 냄새가 아니라, 이웃을 품고 사랑하는 마음에서 비롯된다는 사실을 알게 해준 분이 어머니였다.

얼마 전 세상 떠나신 어머니는 내 삶의 거울이자 본보기로 남았다. 부끄럼 없이 살아왔다고 여기지만 문득, 지나온 세월 속에 놓치고 산 것은 없는지 되돌아본다. 남은 생이 조금은 무겁게 느껴지는 요즘, 어머니의 겨울은 내게 더 깊고 따뜻하게 다가온다.

숨결로 부르는 인생

나는 조용히 노래한다. 하모니카를 통해 내가 여전히 살아
있고, 느끼고, 사랑하고 있음을 안다. 숨결이 닿는 자리마다 삶
의 온기가 번져 나오고, 그 따뜻함 속에서 나는 오래된 기억을
다시 배운다. 하모니카를 불 때마다, 때로는 높은 음으로, 때로
는 낮은 음으로, 내 인생의 결이 한 줄 한 줄 펼쳐진다.

처음 하모니카를 손에 쥐었던 날이 아직도 선명하다. 작고
반짝이던 몸통이 손바닥에 포근히 안기던 순간, 입술을 스치던
차가운 금속성, 그리고 '후' 하고 불자 조심스레 튀어나오던 첫
소리. 서툴렀지만 이상하리만큼 따뜻했고, 그 순간 나는 알았

다. 이 작은 악기가 나와 오래 함께할 것임을.

　하모니카는 줄, 건반, 전기가 필요 없다. 오직 숨만 있으면 된다. 불면 소리가 나오고, 들이마시면 또 다른 음이 태어난다. 단순하지만 깊고, 작지만 넉넉하다. 사람의 숨과 감정, 그리고 인생이 그대로 스미어 있는 악기. 그래서 나는 생각이 복잡할 때면 하모니카를 입에 문다. 마음이 이끄는 대로, 숨이 흐르는 대로. 입김이 통로를 지나 소리가 맺히면, 듣는 이 없어도 내 마음속에는 늘 관객이 있다. 오늘 하루를 견뎌준 나 자신, 멀리 있는 자식과 형제들, 그리고 오랫동안 마음에 남아 있는 친구들. 나는 그들을 향해 서툰 곡 하나를 조심스레 불어 보낸다. 누군가 들을 리 없지만, 마음속 무대는 늘 따뜻하게 밝혀져 있다.

　하모니카는 기술보다 마음이 먼저라고 했다. 아무리 정확한 음정도 감정이 실리지 않으면 메마른 소리로 흩어질 뿐이다. 어느 날 연습하다 문득 깨달았다. 하모니카 소리 속에 내 인생이 피어오르고 있다는 것을. 서로 기대어 살아온 세월, 손끝에 남은 체온, 말없이 건네던 애정…. 그 모든 것이 선율 속에 물결치듯 떠올랐다. 그날 나는 하모니카를 내려놓고 한참 동안 울었다. 그제야 알았다. 하모니카는 마음으로 부르는 악기라는 사실을.

밤이 깊어 세상이 고요해지면, 그 고요함 속에 하모니카 소리는 더욱 또렷해진다. 달빛 번지는 대청마루에 홀로 앉아, 한 음 한 음 내보내면, 밖에서 아무도 듣지 않아도 오히려 그 적막함이 내 연주를 더욱 진실하게 만든다. 달빛 하나뿐인 공간에서 살아온 장면들을 조용히 되짚는다. 젊은 날의 열정, 무너졌던 순간, 사랑했던 얼굴들. 하모니카는 그 모든 기억을 음악으로 엮어 과거와 현재를 한자리로 불러낸다.

우리는 숨 가쁘게 살아오면서 정작 '숨'의 소중함을 잊고 산다. 하모니카는 내 숨을 음악으로 바꿔 준다. 들숨에는 희망이, 날숨에는 슬픔이 실리고, 그 둘이 함께 선율이 된다. 나는 오늘도 하모니카를 들고 작은 연못가에 섰다. 입김이 흐르고 맑은 소리가 퍼지면, 듣는 이 없어도 내 마음속 관객은 언제나 자리를 채운다. 산천초목과 하루를 견딘 나 자신, 자식들, 형제들, 오래된 친구들, 그리고 마음속 깊이 남은 이들에게 나는 정성스레 한 곡을 바친다. 하모니카를 불다 보면 들숨과 날숨에 실린 선율이 몸과 마음을 정화해 주는 듯하다. 그 시간은 나를 비우고 돌아보는 시간이며, 단조롭던 소리들이 어느덧 내 감정을 담은 음악으로 변해가는 과정은 어떤 취미도 대신할 수 없는 기쁨이다.

　작은 악기지만, 하모니카는 내 삶을 단단히 지탱해 주는 큰 힘이다. 음악이 사람과 사람을 잇는다는 말이 과장이 아님을, 나는 이 작은 악기 하나로 매일 새롭게 느낀다. 나는 오늘도 조용히, 마음을 다해 하모니카를 분다.

몽돌 해수욕장의 추억

여행을 한다는 것은 어쩌면 내가 살아온 세월을 잠시 내려놓고, 새로운 시간과 새로운 세상을 만나러 가는 일인지 모른다. 홍도 유람선을 타고 관람을 마친 뒤, 주어진 자유 시간을 이용해 몽돌해수욕장을 찾았다. 한낮의 햇살은 검은 몽돌을 따끈하게 데워놓았다. 몽돌 위로 부딪히는 파도 소리인지, 파도에 굴러가는 몽돌 소리인지 구분하기 어려운 '짜르르, 짜르르' 하는 음이 귀를 감싸고돌았다. 하얗게 부서지는 파도와 함께 그 소리는 여러 번 들어도 싫증나지 않는 새롭고 맑은 음악 같았다. 마음이 절로 시원해지고 차분해지는 그런 해변이었다.

파도에 닳고 또 닳아 반들거리는 몽돌은 검은빛, 회색빛, 둥근 모양, 납작한 모양으로 제각각이었지만 서로 어우러져 한 폭의 그림처럼 아름다웠다. 해변을 찾은 사람들처럼 몽돌 역시 생김새와 색깔이 각양각색이었다. 돌 하나 조심스레 손에 들어보니 차갑고 단단할 것 같던 것이 의외로 따뜻하고 친근하게 느껴졌다. 작은 돌 속에 헤아릴 수 없는 세월이 켜켜이 쌓여 있는 듯했고, 앞으로의 시간을 묵묵히 품어낼 것 같았다. 그 순간, 세상에는 사람만 존재하는 것이 아니라는 사실이 새삼 마음에 스쳤다. 수많은 존재가 서로 기대고 어우러져 조화를 이루고 있다. 어떤 것도 홀로 설 수 없으며, 살아가는 동안 수없이 도움을 주고받으며 서로 기대어 살아간다. 몽돌과 바닷물이 서로를 쓰다듬듯, 우리의 삶 또한 그렇게 더불어 존재하는 것이다. 잔잔한 파도가 밀려올 때 몽돌은 속삭이듯 고운 노래를 들려준다. 그러나 성난 파도가 몰아칠 때는 서로 부딪히고 깎이며 고통과 시련을 견딘다. 그렇게 긴 시간을 지나 마침내 둥글고 반듯한 몽돌이 되었을 것이다. 그 인내의 과정이 우리 삶과 닮아 있었다.

삶은 고통과 시련의 연속이지만, 그것을 견뎌낸 뒤에야 비로소 기쁨과 성취가 찾아온다. 아무리 세상이 힘겨워도 남 탓하지 않고, 몽돌처럼 단단한 마음으로 묵묵히 버틸 수 있는 용기를 배워야 한다. 수많은 인생이 밤하늘의 별처럼 제각각 빛나고 있는데, 자연을 사랑할 줄 모른다면 우리가 무엇을 사랑하며 살아갈 수 있을까. 그런 생각을 하니 세상의 모든 존재에게 고마운 마음이 저절로 차올랐다.

바다는 모든 것을 품는다. 맑은 물도 탁한 물도 가리지 않고 받아들이고, 쉼 없이 움직여 스스로를 정화한다. 때로는 거센 파도로 육지를 집어삼킬 듯 성을 내기도 한다. 그것은 인간의 오만함을 향한 경고이자, 자연 앞에서 우리가 얼마나 작은 존재인지 일깨우는 신호다. 뙤약볕은 과일을 익히고, 태풍은 바닷물을 순환시키듯 세상 모든 것에는 나름의 이유가 있다.

몽돌 속에는 오랜 세월이 가뭇하게 쌓여 있고, 앞으로도 또 쌓여갈 것이다. 파도 소리가 들려주는 자연의 노래는 우리에게 행복을 속삭이며, 바다는 변하는 세상 속에 언제나 그 자리에 있었다. 문득, 내 마음도 바다처럼 변함없는 푸른빛이면 얼마나 좋을까 생각했다. 바닷물의 부드러운 손길이 큰 돌을 쓰다듬어 몽돌을 만들 듯, 견고한 끈기 속에서 아름다움은 태어난다.

청자 빛 바닷물의 유혹에 이끌리듯 나는 어느새 풍덩, 물속으로 몸을 던졌다. 해수욕장을 따라 수영해보고 싶은 마음이 들었다. 머리 위 드높은 하늘, 눈앞에 끝없이 펼쳐진 바다. 물속은 에메랄드빛으로 투명했고, 이끼 하나 없이 정갈한 돌들이 고요히 바닥에 자리하고 있었다. 파란 하늘과 선명한 수평선, 반짝이는 바다…, 그 모든 풍경은 숨이 멎을 만큼 아름다웠다.

바닷물 위에 누워 있으니 현실감이 아스라이 사라지고, 다른 세계에 떠 있는 듯 몽롱하다. 문득 발끝이 바닥에 닿지 않는다는 사실을 깨닫고 깜짝 놀랐다. 돌아보니 어느새 해수욕장을 벗어나 깊은 바다 쪽으로 밀려와 있고, 위험을 알리는 부표가 눈앞에 떠 있다. 수영장에서 배운 실력만으로 바다를 건넌다는 것은 지나친 자신감이었다. 다행히 파도가 잔잔해 마음을 다시 붙잡을 수 있었다.

머리를 내밀고 방향을 잡아야 하는 바다 수영은 수영장과는 전혀 달랐다. 사방이 열린 바다에서는 기준점이 없어 길을 잃기 쉬웠다. '할 수 있다'고 마음을 다잡고 몽돌이 있는 방향으로 천천히, 간절한 마음으로 팔을 저었다. 숨은 턱 끝까지 차오르고 팔다리는 점점 무거워졌다. 거의 다 왔다 싶은 순간, 갑자기 정신이 아득해져 갔다. 바로 그때, 어디선가 큰 박수와 외침이 들렸다. 그 소리가 나를 현실로 붙잡아 주었다.

해변에 도착하자 일행들은 깊은 걱정을 감추지 못했다. 나는 죄송하다는 말을 몇 번이나 되풀이하며 한참을 몽돌 위에 앉아 있었다. 생각할수록 아찔했다. 작은 실수였지만, 잘못하면 큰 사고로 이어질 뻔한 순간이었다. 그날 이후, 나는 무모한 용기보다 준비된 용기가 더 중요하다는 사실을 새삼 깨달았다. 자연 앞에서 인간은 한없이 작고, 겸손히 배워야 할 것들은 끝이 없다. 몽돌해수욕장에서 겪은 그 순간은 두려움이었지만, 동시에 자연이 건넨 경고이자 가르침이었다.

잦아드는 파도 소리를 들으며 나는 마음속에 어떤 다짐을 품었다. 앞으로의 삶도 파도처럼 잔잔할 때는 고마움을, 거셀 때는 담대함을 잃지 않기를. 몽돌이 오랜 시간 부딪히고 깎여 더욱 둥그러지듯, 나 또한 시련 속에서 더 원만해지고 싶다. 여행을 떠나기 전에는 미처 알지 못했던 사실을 그제야 깨달았다. 세상은 언제나 나를 가르치고 있었고, 자연은 가장 큰 스승이었다는 것을. 그날의 바다와 몽돌, 그리고 짧았던 위기의 순간은 오래도록 내 마음에 잔잔한 파도로 남아 있다. 앞으로 길을 잃고 흔들릴 때면, 몽돌해수욕장에서 들었던 그 '짜르르'한 음을 다시 떠올리며 내 마음을 다잡을 것이다. 그 소리는 마치 이렇게 말하는 듯하다.

"천천히, 그러나 흔들리지 말고 살아가라."

섬을 품은 푸른 길

금오도 비렁길은 오래전부터 입소문으로만 듣고 언젠가 꼭 걸어보고 싶었던 곳이다. 남쪽 끝자락 섬이라 쉽게 닿기 어려웠지만, 어느 날 산악회에서 비렁길을 간다는 소식을 들었다. 잠시 망설였으나 마음속 어딘가에서 '지금 아니면 또 언제 갈 수 있을까'하는 용기가 슬며시 올라왔다. 혹시 무리한 선택은 아닐까 걱정도 되었지만, '비릿한 바다 냄새라도 맡으며 멀리서 바라보기만 해도 삶이 조금은 환기되지 않을까'하는 마음으로 길을 나섰다.

버스를 타고 여수항에 도착한 뒤 다시 배에 올랐다. 약 20분쯤 지나 함구미항에 닿아, 선착장에 내리자 상쾌한 바다 냄새가 가슴속 깊이 스며들었다. 크고 작은 어선들이 줄지어 떠 있고, 바다 속이 훤히 들여다보일 만큼 맑은 물빛이 마음을 사로잡는다. '아, 드디어 금오도에 왔구나.' 숲이 우거진 언덕길을 오르자 저 멀리 바위 능선을 따라 구불구불 이어지는 비렁길이 한눈에 펼쳐졌다.

'비렁길'은 여수 사투리로 벼랑길을 뜻한다고 한다. 이름 그대로 해안가의 벼랑을 따라 난 길. 층층이 쌓인 바위와 눈이 시리도록 푸른 바다가 어우러진 풍경이 단숨에 일상의 무거움을 몰아냈다. 천 길 절벽 아래 작은 배 한 척 유유히 떠 있고, 햇살을 머금은 물결은 은빛 비늘처럼 반짝이며 바람 따라 흔들린다. 언덕을 오르고 모퉁이를 돌 때마다 다도해의 풍경이 새롭게 펼쳐져 눈이 커지고 마음이 환해진다. 예전에는 섬사람들이 땔감을 하거나 고기를 잡으러 오르내리던 생활의 길이었다고 한다. 자연을 크게 훼손하지 않은 덕분에 지금도 이 길에는 섬의 숨결이 고스란히 남아 있다.

길가 작은 바위에 잠시 걸터앉았다. 가슴이 휑하게 트이고, 바다에서 불어오는 바람이 뺨을 스친다. 바다와 나란히 이어진 이 섬의 길은 어느 곳이나 푸른 물결을 품고 있다. 넓은 바다

한가운데 자리한 섬, 그 안에 다시 이런 길이 있다는 사실이 신기하기만 하다. 오늘따라 바다도, 하늘도 유난히 더 파랗다.

비렁길은 다섯 개 코스로 나뉘어 있고, 우리는 그중 가장 처음 길인 제1코스를 택했다. 완만하지만 바위가 많은 산길이라 발걸음이 쉽지 않았다. 바위틈에 매달린 콩란, 생강나무, 굴참나무, 목이버섯 등 다양한 생명들이 매서운 해풍 속에서 생기 있게 자라고 있었다. 특히 이곳 방풍나물은 청정한 바닷바람을 받고 자라 향긋하고 쌉싸래한 맛으로 유명하다. 중풍 예방에도 좋다고 하여 섬의 대표 특산물이 되었다고 한다.

너럭바위에 앉아 잠시 숨을 고르자 발목을 스치는 바람이 '조금 쉬었다 가라.'고 다정히 말을 건넨다. 곳곳에 마을로 내려가는 길이 있어 힘들면 언제든 하산할 수 있다는 안내판이 반갑기까지 하다.

나는 오래전부터 바위를 좋아했다. 단양 사인암 근처에 살 때는 매일같이 바위를 바라보며 그 형태와 색, 묘한 표정을 즐겼다. 오래 바라보고 있노라면 바위마다 다른 모양과 기운을 내뿜고, 그 묵직한 존재감 속에서 이상하리만큼 마음이 가라앉으며 위로받곤 했다. 바위는 내게 친구 같은 존재다. 피곤한 마음을 내려놓고 흐트러진 생각을 다스릴 수 있게 해주는 고마운 벗이다.

산에서는 숲과 어우러져 산세를 웅장하게 하고, 계곡에서는 흐르는 물과 만나 생기를 더하며, 바닷가에서는 파도와 바람, 소리와 부딪쳐 또 다른 생명력을 만들어낸다. 바위 없는 산이나 바다를 상상하면 왠지 적막하고 허전하다. 자연이 빚어낸 수많은 작품 가운데 나는 여전히 바위를 가장 사랑한다.

사람도 바위처럼 서로에게 잘 어울리고, 부딪히면서도 조화롭게 살아갈 수 있다면 얼마나 좋을까. 금오도의 비렁길이 많은 이들에게 사랑받는 이유도 이 기암절벽의 바위들 덕분일 것이다. 일상에 지친 이들이 이곳을 찾아 바위와 바람, 바다를 벗삼아 마음을 치유하고 다시 힘을 얻는다. 옛사람들이 뜻을 돌에 새겼듯, 나는 오늘 이 감동을 마음속 깊이 새겨 두고 싶다.

바위는 수천 년의 인내로 이뤄낸 자연의 형상이다. 그 안에는 헤아릴 수 없는 풍상의 시간이 고요히 깃들어 있다. 오래 바라보고 있으면 무거운 침묵 속에 장구한 세월이 느껴진다. 바위는 그저 그 자리에 그대로 있을 뿐이지만, 그 침묵 속에는 분명한 언어가 있다. 바닷바람이 스치고, 나는 속삭이듯 말을 걸어보지만, 바위는 끝내 대답하지 않는다. 그 무언의 침묵이 오히려 내 마음을 깊게 흔들어 놓는다.

이렇게 아름다운 길은 천천히 걸으며 사색해야 하는데, 풍경에 취해 걷다 보니 어느새 배 시간이 가까워졌다. 길가에서 풍겨오는 방풍나물 전 냄새가 어찌나 유혹하던지, 발걸음이 절로 멈칫했지만 아쉽게도 돌아볼 여유가 없었다.

코스를 끝까지 걷지는 못했지만, 내려오는 길에 만난 노랑머리 할머니가 다시마와 미역을 내어놓으며 금오도의 자랑을 한가득 풀어놓았다. 다시마 한 묶음을 사 들고 배에 오르니, 무사히 산행을 마친 것이 새삼 감사했다. 바닷바람이 볼을 스치며 말없이 인사한다. 멀어지는 섬을 바라보며 마음속으로 작게 답했다. "다음에 또 올게요."

책 읽기, 나를 치유하다

우연한 실수로 척추를 크게 다쳐 병원에 입원하게 되었다. 가슴부터 척추 끝까지 단단히 깁스를 하고 앉지도, 돌아눕지도 못한 채 오직 누워만 지내야 했다. 순간의 부주의가 이렇게 큰 고통으로 이어질 줄이야. 삼복더위 속에, 인간으로서 가장 기본적인 일조차 스스로 할 수 없는 시간은 길고도 고단했다. 원하지 않았던 '쉼'이 느닷없이 내게 찾아온 것이다.

나는 깁스 위에 책을 올려놓았다. 책 읽기는 공허한 마음과 지루한 시간을 달래는 방편이었지만, 책장을 넘길수록 오히려 내 삶을 돌아보게 했다. 언제부턴가 나는 눈과 귀를 감각적인 것들에만 기울이고, 마음의 뜰을 가꾸는 일에는 소홀했다. 지나친 성취욕으로 일상의 균형을 잃었고, 실수를 반성하기보다 남의 허물을 먼저 들추며 참을성 없는 언어로 상처를 주기도 했다. 감사보다 불평이 앞섰고, 겸손보다 자존심이 앞섰던 나의 모습이 떠오르자 마음이 서늘해졌다.

그때 좋은 책들은 침울하고 권태로운 내 마음에 화사한 빛이 되어 주었다. 위로를 건네며 감정을 풍요롭게 채워주는 문장들은 축복처럼 느껴졌다. 세상에서 가장 복 있는 이는 좋은 스승을 만나거나 삶의 길잡이를 일찍 만난 사람이라고 했다. 명문장을 만날 때마다 시원한 샘물을 마시는 듯 기쁨이 밀려왔고, 내가 복된 사람임을 실감했다. 만약 책 읽는 즐거움을 몰랐다면 그 시간을 얼마나 더 힘들게 보냈을까.

얼마 후 시어머니를 모시게 되었다. 낯선 도시에 적응하기 힘드셨지만, 산 아래 빈터에 작은 텃밭을 일구며 소금씩 마음의 안정을 찾아가셨다. 우리는 큰 갈등 없이 지내며 서로 의지해 왔지만, 어느 날 갑작스러운 행동 변화를 보이셔서 병원을 찾게 되었고, 결국 치매 초기 진단을 받았다. 시간이 지날수록 병세는 서서히 깊어졌다. 장을 보러 나가며 흰콩과 검은콩을 섞어 놓고 "이걸 다 나눠 놓으면 찐빵을 사 올게요." 하고 문을 닫고 나서던 날, 죄인이 된 마음으로 두 방망이질 치는 가슴을 부여잡고 눈물을 쏟았다. 삼키는 법조차 잊어 식사도, 약도 힘들어진 때에는 서로 부둥켜안고 한참을 울었다. 그 모습에서 나의 미래가 비치는 듯해 더욱 서러웠다. 간병은 환자의 병보다 더 고된 병이라 했던가. 지쳐가는 몸과 마음을 추스르기 위해 나는 다시 책을 펼쳤다. 흐르는 시간에 몸을 맡기는 일, 그것이 내게 허락된 유일한 휴식이었다. 치유할 수 없는 텅 빈 가슴에 와 닿는 한 줄의 문장은 따뜻한 바람처럼 위로가 되었다.

단테의 《신곡》에서 이런 문장을 만났다.

"우리 인생길의 한중간에서
나는 올바른 길을 잃어버렸기에
어두운 숲속을 헤매고 있었네."

그 문장은 오랫동안 내 마음에 깊이 머물렀다. 나 역시 길을 잃고 어둠 속에서 헤매고 있었기 때문이다. 목마른 사슴이 물을 찾듯, 나는 책 속에서 길을 찾으려 했다.

고려 나옹선사의 시 또한 마음에 큰 울림을 주었다.

"청산은 나를 보고 말없이 살라 하고
창공은 나를 보고 티 없이 살라 하네.
노여움도 내려놓고 아쉬움도 내려놓고
물같이 바람같이 살다 가라 하네."

힘들 때마다 이 시를 되뇌며 스스로 다독였다. 그 시는 늪에
빠져 허우적거리던 나에게 넌지시 손을 내밀어 주었고, 나약해
진 마음을 일으켜 세워 주었다.

책들은 언제나 나에게 말을 걸었다. 그 안의 단단한 문장들
은 평생의 지적 자산으로 내 삶의 방향을 잡아주는 나침반이
되었다. 사람마다 저마다의 불행을 안고 살아가지만, 그 불행
은 우리를 고독 속으로 몰아넣어 영혼을 서서히 메마르게 한
다. 나 역시 그 고독 속에서 자신과 싸워야 했다. 그러나 책 속
에서 마음에 새길만한 문장을 만날 때면, 들뜬 마음이 가라앉
고 잔잔한 기쁨이 밀려왔다. 그 문장들이 내 마음을 정화 시키
고, 영혼을 더 단단하게 만들었다.

명문장은 단순한 언어를 넘어 치유와 희망을 전하는 따뜻한

빛이었다. 책은 나를 치유하고 삶의 방향을 바로잡아 주는 든든한 힘이 되었다. 만약 내가 책 읽는 즐거움을 알지 못했다면, 이 모든 시간을 어떻게 견뎌냈을까.

불행과 고독의 시간을 지나며 깨달았다. 좋은 문장은 단순한 글이 아니라, 삶을 비추는 빛이자 희망이며, 고통을 덜어주는 따뜻한 바람이라는 것을.

만지도

한려해상 푸른 물결을 가장 가까이에서 느낄 수 있는 곳, 만지도. 뒤늦게 사람이 정착해 만지도晚地島란 이름이 붙은 이 섬은 그만큼 자연의 숨결이 더 온전히 남아 있다. 통영 바다 위에 조용히 떠 있는 작은 섬마을로 향하는 일은, 어쩌면 고단한 삶을 잠시 내려놓고 싶은 마음의 발걸음인지 모른다. 섬에 닿자마자 가장 먼저 스며드는 것은 만지도의 향기였다. 코발트빛 바다에서 올라오는 은은한 냄새, 오래도록 청량함이 몸을 감싸며 마음 깊은 곳까지 번져 들었다. 산책길을 따라 걷다 보면 바람 속에 바다의 숨결이 느껴지고, 그 향기가 이곳을 찾은 이들의 가슴에 오래 남았으면 하는 바람이 절로 생긴다.

만지도 사람들 삶에는 잔잔한 기적 같은 순간들이 있었다. 태풍에 날아간 지붕을 다시 얹고, 무너진 벽을 새로 세웠을 때. 집 앞에 작은 커피집이 들어섰을 때. 아이들 오가는 길이 새로 열렸을 때. 그리고 통영 연평마을에서 곧장 들어오는 직행 배가 처음 생겼을 때는 섬 전체가 들썩였다. "만지도까지 15분이네! 손만 뻗으면 닿을 거리구먼!" 처음 배에 오른 누군가의 말처럼, 이 섬은 어쩐지 손끝으로 가만히 만져보고 싶은 곳이다. 도로명 주소가 '만지길 9'인 것도 우연만은 아닌 듯했다. 아홉 번쯤 만져달라는 오래된 섬의 인사처럼 들렸다.

만지봉 산길을 오르다 보면 자연을 바라보는 눈 또한 달라진다. 야생화 하나 보이지 않는 대신 담쟁이가 소나무를 타고 오르며 하늘로 뻗어 있었다. 혼자 설 수 없어 서로 기대어 살아가는 모습이 더 깊이 와 닿던 순간이었다. 예전에는 고사리며 진달래가 흔했다는데, 관광객이 하나둘 캐 가며 사라져버렸다는 이야기를 들으니 마음이 무거워졌다. 하지만 가파른 길을 올라 바위 언덕에 서면, 모든 걱정이 바람결에 스르르 풀려나간다. 남해의 푸른 바다가 훤히 속을 열어젖히고, 오밀조밀 떠 있는 섬들이 꿈처럼 아름답다. 오늘 같은 날씨에 그 풍경을 온전히 볼 수 있다는 사실만으로 충분한 축복이었다.

섬 어딘가에서 비스듬히 누워 있는 200년 된 해송도 만났다. 태풍에 쓰러졌지만, 뒤편의 다른 소나무가 그 몸을 받아주며 다시 살아난 나무. 몇 갈래 되지 않는 가지에 온몸을 의지해 버티는 모습은 묘하게 사람의 삶을 닮아 있었다. 때로는 기대어 살아야 하고, 때로는 누군가에게 기대주어야 한다는 사실을 묵묵히 보여주고 있었다. 이제는 누운 채로 사람들을 이끄는 길잡이가 되었다니, 자연이 주는 은유는 언제나 깊다. 섬사람들의 달력은 바다의 손바닥 위에서 움직인다. 하루 두 번 들고 나는 물때, 해가 차고 달이 기우는 시간들이 촘촘하게 적혀 있다. 이곳에서는 "몇 시에 만나자."보다 "물이 이만큼 들면 보자."는 말이 더 자연스럽다. 그 리듬을 이해하는 순간, 시간의 흐름도 부드럽게 느려진다.

새벽의 만지도는 또 다른 얼굴을 가진다. 해무 속에 묻혀 있던 다리가 물결처럼 차오르다가 어느 순간 구름 위로 떠 오르듯 모습을 드러낸다. 만지도와 연대도를 잇는 출렁다리를 건너는 이들은 잠시 공중을 걷는듯한 기분이다. 이 장관을 보려면 두어 시간 머물러야 한다는데, 이번에는 그러지 못해 아쉬움이 남았다. 사람들은 이 다리를 '소원 다리'라 부른다. 어디서부터 만지도이고 어디까지가 연대도인지 분간하기 어려워 두리번거리다 보면, 마음 깊은 곳의 소원 하나쯤은 스스로 떠오르게 마련이다. 섬의 여유는 도로를 지나는 차에서도 묻어난다. 사람 적고 길 좁은 이곳에 가끔 차가 지나가면 오히려 낯설다. 웬만한 짐은 수레면 충분할 텐데, 어쩌면 차들도 심심함을 달래기 위해 한 번쯤 시동을 거는 것인지 모르겠다. 그조차 섬의 느슨한 풍경 속에 자연스레 스며든다.

만지도 바다에는 전복 양식장이 있다. 전복은 여름이면 먹을 것이 없다고 한다. 뜨거운 햇볕에 미역과 다시마가 녹아내리기 때문이다. 여행의 참맛은 그곳의 자연에서 나오는데, 갓 잡은 해삼도, 볼락과 우럭도, 자연산 멍게도, 전복 해물라면도 맛보지 못한 채 돌아선 아쉬움이 오래 남았다.

선착장 끝의 노란 컨테이너 카페는 만지도의 작은 쉼표 같은 공간이었다. 도착해서 한 잔, 떠나는 배를 기다리며 한 잔, 다음에 다시 오겠다는 마음으로 또 한 잔. 페루산 원두를 쓴다지만, 이 아름다운 섬에서 국산 차 한 잔이었더라면 더 정겹겠다는 생각이 잠시 스쳤다. 그런 작은 아쉬움조차 여행의 한 장면으로 남았다.

만지도는 해무와 바람, 바다와 나무가 오래도록 서로를 지켜

온 섬이다. 그 자연 속에서 사람들은 천천히, 조심스럽게 삶의
속도를 배워간다. 섬은 말없이 가르친다. 천천히 걸어도 괜찮
다고. 기대어 살아도 괜찮다고. 더하여, 언젠가 다시 오고 싶은
마음이 드는 곳이라면 그걸로 충분하다고.

6

비우는 노년의 삶

아름다운 동행

결혼해 50년을 함께 살아왔다는 것은 말로는 다 채울 수 없는 기쁨이자 경이로움이다. 예전에는 환갑을 넘기면 장수한다고 했건만, 이제는 시대가 달라져 금혼식을 넘어 회혼식까지 맞이하는 이들도 드물지 않다. 흐르는 세월 속에 삶은 더디면서도 길게 이어져, 어느덧 우리에게도 반백 년 부부 여정을 선물해 주었다.

오늘은 성당에서 금혼식을 올리는 날이었다. 고요한 성전 안에 울리던 발걸음 소리가 유난히 맑게 들렸다. 꽃처럼 피어나던 젊은 날의 결혼식은 아득한 기억 속에 있지만, 그 순간만큼은 다시 그 자리로 돌아간 듯했다. 남편이 "오늘이 벌써 50년이야." 하고 건네던 말이, 한동안 가슴속에 잔잔하게 맴돌았다. 성당에서는 이를 '혼인 갱신식'이라고 부른다. 결혼할 때의 마음으로 다시 서약을 나누고, 남은 삶도 사랑과 자비로 채우기를 기도하는 의식이다. 우리가 다시 마주 잡은 손은 예전보다 주름이 깊어졌지만, 온기는 더 따듯해져 있었다. 반지를 교환하는 순간, 세월이 빚어준 금빛 흔적들이 서로 손바닥 사이에서 조용히 스며들었다. 신부님의 축복 속에 우리는 오래된 나무처럼 단단히 뿌리 내린 사랑을 다시 확인했다.

'나는 금혼을 맞이하여 남편에게 고마운 마음을 전합니다.' 이 문장을 마음속에서 되뇌는 동안, 지난 세월이 영화처럼 흘러갔다. 우리는 연애도 아닌 중매로 만나 결혼했다. 남편은 출계出系한 분이어서 시어머니가 두 분이셨고, 나는 설렘과 두려움이 반쯤 섞인 마음으로 혼례를 치렀다. 정성을 다해 부모님을 모실 것을 마음속으로 다짐했다. 양가 부모님은 다정했고, 나는 그 따스함을 받으며 늘 말과 행동을 신중히 했다. 그 시절 나는 사소한 말 한마디도 조심스러워, 늘 목소리를 낮추고 살았던 것 같다.

그럼에도 우리는 네 남매를 기르며 기쁨과 시련을 함께 건너왔다. 서로의 짐을 조금씩 나누어 들었고, 힘든 날에도 두 손을 맞잡으면 마음속에 바람 한 줄기 지나가듯 시원해지곤 했다. 당신이 환하게 웃던 얼굴은 세월 속에서도 지워지지 않고, 지금도 눈앞에서 반짝인다.

라일락이 피던 봄이면, 수줍은 여인이 고개 숙이듯 퍼지던 향기가 집 안 가득 번졌다. 그 향기가 좋아 문을 활짝 열어두고 향기까지 들이는 마음으로 지내던 봄날이 있었다. 가을이면 정성껏 키운 국화 화분을 대문 앞에 길게 늘어놓아, 지나가는 이웃들이 발걸음을 멈추고 화사하게 웃던 모습이 아직도 마음속에 화폭처럼 남아 있다. 계절은 그렇게 매해 우리에게 선물처럼 다가왔다.

어느 날, 삶은 조용히 아주 다른 방향을 향해 돌기 시작했다. 당뇨라는 불청객이 다가와 내 일상을 힘겹게 했다. 마음은 자주 불안에 흔들리고, 숨 쉬는 리듬마저 흐트러졌다. 치료를 거듭해도 쉽게 다스릴 수 없는 병을 보며 서운함과 미안함이 번갈아 찾아왔다. 지나온 세월이 후회와 상처로 얼룩져 있기에 나는 더 작아지고 미안했다. 그 와중에 허리까지 크게 다치는 사고가 있었다. 아픈 소식을 듣고 병원으로 달려온 당신은 내 손을 꼭 쥐고 "이만하니 천만다행이야. 내가 꼭 낫게 해줄 테니 걱정하지 마."라고 말했다. 혹시라도 평생 불편한 몸이 될지 모른다는 두려움 속에서도, 끝까지 함께하겠다는 그 말에 울음이 목구멍까지 차올라 말없이 눈물이 흘러내렸다.

가슴부터 허리까지 백시멘트 깁스하고, 여름 내내 몸도 뒤척이지도 못한 채 누워있는 동안 참 많은 생각을 했다. 움직일 수 없다는 무력감 속에서도, 더 약한 이들을 돌아봐야 한다는 마음이 새로이 피어났다. 밤마다 조용히 눈물을 삼키며 가족이 겪는 고생이 떠오를 때마다 죄스러운 마음이 들었지만, 마지막에 남은 감정은 감사였다. '얻어먹을 수 있는 힘만 있어도 하느님의 축복입니다.' 그 문구는 투병 생활을 버티게 해준 등불이었다. 반년의 시간 동안, 당신의 헌신과 아이들의 도움이 나의 하루하루를 조용히 지탱해주었다. 그 사실을 평생 잊지 않을 것이다.

그 시간들을 지나오며, 가족이 얼마나 든든한 울타리인지를 깨달았다. 건강의 소중함과, 부부란 서로의 마음을 감싸 안는 믿음과 사랑 위에 서 있는 존재임도 새삼스레 알았다. 세월을 건너오며 숙성된 감정들은 마음속에 고운 침전물처럼 가라앉아, 문득문득 감사로 피어난다.

이제야 당신을 만나 살아온 세월이 더욱 고맙다. 못난 나를 만나 오랜 시간 함께 울고 웃어준 당신. 미안함과 고마움이 뒤섞여 마음이 자꾸 젖는다. 그래서인지 요즘 나는 당신을 위해 더 살고 싶다. 내 어깨 위에 오래 묵은 그림자 대신 다시 꽃향기가 피어나기를 바라며. 세상에 태어나 잘한 일이 있느냐 묻는다면, 교사가 된 일, 가톨릭 신자가 되어 성가정을 이룬 일, 그리고 아들과 딸을 반듯하게 길러 공직의 길로 이끈 일. 아이들이 손주들을 낳아 가계를 이어준 것들을 나는 망설임 없이 말할 수 있다. 그것들은 또한 조상님께 드리는 내 삶의 깊은 감사의 항목들이다.

얼마 전 늦은 점심을 먹으러 냉면집에 갔을 때, 한 노부부가 나란히 앉아 냉면을 시켰다. 남편이 아내의 냉면 사리를 정성스레 잘라주며 "맛있게 드세요." 하고 미소 지을 때 그 모습에 내 마음에 조용한 평화가 내려앉았다. 살다 보면 서로의 모난 부분도 그 사람만의 개성이자 아름다운 굴곡이라는 것을 알게 된다. 그런 모퉁이까지 감싸주는 것이 부부일 것이다. 요즘 나는 김춘수 시인의 구절, "네가 좋으면 나도 좋다"를 마음에 품고 지낸다. 그 말이 가만히 가슴속을 쓰다듬어 주어, 말다툼도 자연스레 사라졌다.

이제는 쫓기듯 살아온 인생을 천천히 내려놓고, 남은 세월을 더욱 아름답게 마무리해야 할 때가 왔다. 당신을 위해, 그리고 우리를 위해 더 따뜻한 삶을 살고 싶다. 우리 손 꼭 잡고, 이 길의 끝까지 함께 걸어갑시다.

비우는 노년의 삶

아이들이 결혼해 각자 가정을 이뤄 떠나고 난 뒤, 집 안에는 바람 한 줄기 머뭇거릴 만큼 빈틈이 생겼다. 넓어진 공간은 처음엔 쓸쓸함으로 가득했지만, 그 허전함도 오래 머물지 못했다. 아이들이 두고 간 사소한 흔적들에 우리 부부가 '언젠가는 쓰겠지' 하고 쌓아둔 것들이 어느새 집 안 곳곳을 메우기 시작했다. 비워진 줄 알았던 삶은, 알고 보면 이미 넘치고 있었다.

생각해 보면 시간과 공간이 모자란다는 생각은 결국 '욕심'에서 비롯된다. 꼭 필요한 것만으로도 살아갈 수 있는데, 늘 그 이상의 무엇을 손에 쥐고 싶어 한다. 없어도 될 것들까지 버리지 못해 마음의 저고리에 차곡차곡 넣어두니 공간이 좁아지는 것은 당연한 일이다.

관계나 일도 다르지 않다. 몸과 마음이 감당할 수 있는 범위를 넘어서 욕심을 내면, 긴 하루도 눈 깜짝할 새 지나가 버린다. 해결은 단순하다. 그 단순한 이치를 실천하지 못해 생기는 혼잡이 삶의 큰 숙제다. 나이가 들수록 남은 시간은 줄어들고, 허락된 공간은 조금씩 홀쭉해진다. 그래서 "내가 앞으로 얼마나 더 산다고…." 하는 말이 자주 입가에 맴돈다.

연륜이 쌓일수록 마음은 조급해진다. 먼 미래는 점점 희미해지고, 지금 이 순간이 한층 선명하다. 누군가는 이렇게 말했다. "늙는다는 것은 불편함을 견디는 힘이 서서히 약해지는 일이다." 그래서인지 사소한 불편 하나도 쉽게 넘기기 어려워지고, 편안함이라는 그늘 아래 더 오래 머무르고 싶어진다. 서두른다고 행복이 더 빨리 찾아오지는 않는다. 조급함은 마음을 마르게 하고, 남은 시간과 공간에는 오히려 무게만 더해진다.

불편을 피하려는 일들로 하루를 채우다 보면, 오래 바라던 일들과 소중한 사람들은 뒷자리로 밀려난다. 편의를 위해 모아둔 물건들이 삶의 풍경을 어지럽히듯, 마음속에도 잡다한 감정들이 겹겹이 쌓여 빛을 가린다.

정신이 또렷하고 감각이 살아 있을 때 생을 마무리할 수 있다면 얼마나 큰 복일까. 하지만 누가 아름다운 그림을 보고 좋은 음악을 들을 수 있는 능력을 간직한 채 이 세상을 떠나고 싶어 할까. 지금 이 순간이 여전히 아름답고, 삶의 온기가 남아 있을수록 조금 더 머물고 싶어 한다.

사람은 저마다 한계를 알면서도 희망을 놓지 않고 산다. 자식이 결혼하면 손주를 기다리고, 그다음엔 증손주를 꿈꾼다. 또 하나의 산을 오르고, 또 하나의 바다를 건너고 싶어 한다. 우리는 마지막 순간까지 희망을 어깨에 걸치고, 때로 불평을 섞어 가며 살고 있다. 죽음 직전까지 삶은 이처럼 두려움과 희망이 교차하는 고요한 파도다.

나이가 들수록 마음 깊은 곳을 들여다볼 용기가 필요하다. '나는 무엇을 원하고 있는가.' 남은 시간이 적을수록 채우는 것보다 비우는 일이 더 절실해진다. 욕심을 내려놓고 시간을 비우며, 공간을 가볍게 정리하는 일. 그것이 소유라는 작은 감옥에서 자신을 풀어주는 방식이다. 그 순간 비로소 삶에 고요한 바람이 불어오고, 마음의 여백이 다시 숨을 쉰다. 우리에게 주어진 것들은 모두 잠시 머무는 선물들이다. 언젠가 빈손으로 떠날 날을 위해, 지금부터 조금씩 가볍게 정리해야 한다. 서릿

바람이 불면 무성하던 풀과 나뭇잎이 스러지듯, 우리 또한 한 순간에 소멸의 길 위에 서리라.

내가 떠난 뒤, 머물던 공간이 조금은 깨끗하기를 바란다. 지나친 욕망의 그림자가 남지 않기를. 노년의 불안을 솔직히 꺼내 보면서, '치매가 오기 전 지금이 가장 좋은 때'라는 이 묵직한 깨달음이 마음 깊은 곳에 오래도록 잔잔한 울림으로 머문다.

삶의 의미와 죽음

사람들은 재산을 지키기 위해서는 구두쇠처럼 아끼면서도, 정작 가장 절약해야 할 '시간'을 허투루 쓰는 데에는 놀랄 만큼 관대하다. "삶의 의미는 무엇일까?" 내가 내린 대답은 단순하다. 사람들에게 친절하게 대하고, 규칙적으로 운동하며, 매일 좋은 책을 읽는 일. 신념이 다르더라도 조화를 이루며 평화롭게 살아가는 자세다.

물론 이러한 성찰은 대개 괴롭고 지루한 순간에야 떠오른다. 그러나 호기심 많은 아이에서 마음에 상처 입은 청소년, 황혼의 문턱에 선 노인에 이르기까지 삶의 의미를 가볍게 여기는 사람은 드물다. 그 의미가 모두에게 동일할 수는 없지만, 적어도 나에게 주어진 시간을 허비하지 않겠다고 마음속으로 거듭 다짐한다.

얼마 전 성당에서 장례미사에 참석했을 때, 나는 문득 그 미사의 주인공이 된 듯한 느낌에 사로잡혔다. 그 순간, 인간 존재의 한계인 '죽음'에 대해 다시 깊이 생각하게 되었다. 죽음을 진지하게 받아들여야 삶은 비로소 그 깊은 결을 드러낸다. 죽음을 멀리하면 삶은 끝이 없는 듯 착각하게 되고, 우리는 언젠가 닿게 될 종착점을 잊은 채 무심히 하루하루를 흘려보내고 만다.

나이가 들수록 주변 사람들의 죽음이 잦아진다. 자연의 섭리 속에 우리는 조금씩 죽음에 익숙해지지만, 정작 내 죽음이 타인에게 어떤 흔적으로 남을지 미처 생각하지 못한 채 그날을 맞게 될 것이다. 갑작스러운 죽음이든, 흐릿한 의식 속에서 맞이한 마지막 순간이든, 사람들은 죽음의 기척을 어느 정도 느끼며 그 문턱에 선다.

나는 시부모님과 친정 부모님, 할머니, 가까운 친구들, 그리고 여러 지인의 죽음을 지켜보며 살아왔다. 그중 다섯 분의 임종을 직접 곁에서 바라보았다. 살아오며 타인의 죽음을 한 번도 목격하지 않았다면, 그는 운이 좋은 사람일 것이다. 흐르는 세월 속에 사랑하는 이들은 하나둘 떠나고, 나 또한 언젠가 그 대열에 서게 되리라는 사실이 어색하게 느껴지지 않는다.

사랑하는 이들을 떠나보낸 후의 삶은 이전과 같지 않다. 남은 기억은 우리가 함께 보낸 시간이나, 앞으로 함께하리라 기대했던 순간들을 온전히 대신하지 못한다. 그들을 떠올릴 때마다 마음속 기억은 조금씩 닳아가고, 결국엔 그들의 실제 모습을 잊게 될지도 모른다. 어느 날, 파란 하늘 아래 함께 걸었던 풍경을 다시 떠올리려 해도 더 이상 선명하지 않은 날이 올 것이다. 그 자리에 바람만 스쳐 지나가듯, 그리움만 깊어질 뿐이다.

죽음은 타인과 함께 공유할 수 있는 사건이 아니다. 그것은 오직 그 사람에게만 일어나는 일이며, 그 사람의 시간이 완전히 닫혔음을 알리는 순간이다. 누구도 죽음이 어떠한 모습인지 말해 줄 수 없다. 불가사의하지만, 사람들은 살아가는 동안 조금씩 죽음을 받아들인다. 병마와 싸우다 고통 속에서 생을 마감하거나, 알츠하이머 같은 질환으로 서서히 삶에서 멀어지는 모습은 결코 아름답지 않다. 나 역시 이 두 장면을 가까이서 경험했다. 아무리 좋은 치료와 약물로 생명을 연장할 수 있다고 해도, 그 길을 택하고 싶지 않다. 죽음은 생명을 가진 누구에게

나 정해진 질서이고, 오히려 그 사실이 삶에 깊이를 더한다. 언제든 끝날 수 있기에, 지금 이 순간을 온전히 누리는 일이 무엇보다 중요하다. 삶의 질을 고려하지 않은 채 무조건 연명을 선택하는 일은 내게는 지혜롭지 못한 집착처럼 느껴진다.

진정한 철학은 죽음을 이해하고 받아들이는 법을 아는 것이다. 그때가 오면 담담히 맞을 수 있어야 한다. 건강이 극도로 악화된다면, 개인에게 '조력 존엄사'라는 선택지가 허용되어야 한다고 생각한다. 언젠가 그런 권리가 사회적으로 인정받을 날이 오리라 믿는다. 삶을 최대한 누리되, 그 끝이 반드시 찾아온다는 사실을 평온하게 받아들이자. 나는 조물주께서 '죽음'이라는 영원한 안식처를 미리 마련해 주셨다는 사실에, 오래도록 마음 깊이 감사드린다.

인생 시계가 가리키는 곳

　멀리 짙푸른 산속 나무들의 여름은, 한순간 불길처럼 타오르던 뜨거운 기운을 남기고 열린 창 사이로 사라져갔다. 넓은 들판에 모진 비바람과 폭풍을 견뎌낸 벼 이삭들이 누렇게 고개를 숙이며 익어간다. 황금빛 물결이 바람에 실려 부드럽게 흔들릴 때면, 그 안에서 가을의 기쁨이 조용히 노래하는 것만 같다. 새벽녘 몰래 내려앉은 이슬을 따라 가을이 문득 스며든 걸까. 기척 한번 없이, 어느 순간 다가와 마음 한편을 차분하게 적시는 계절이다.

　여름날의 흔적은 세월 속에 묻히고, 시간은 어느새 가을이라 부르는 미래를 향해 쉼 없이 나아간다. 나뭇잎이 곱게 물들어 우리의 눈을 기쁘게 하지만, 머지않아 그 사이로 서늘한 바람이 불어와 어깨를 움츠리게 할 것이다. 계절은 언제나 예고 없이 변하고, 우리는 그 변화 속에서 또 다른 나를 만난다.

저녁 무렵 산책을 나선다. 아파트 주변의 익숙한 길인데도 매일 처음 걷는 길처럼 새로운 기분이다. 며칠 전까지도 더위를 견디지 못해 축 처진 어깨로 걷던 발걸음이, 오늘은 차가운 바람에 옷깃을 단단히 여미며 걷는다. 조금 더 지나면 서늘한 공기를 감당하기 어려워 발걸음을 재촉하겠지. 달포 전에는 매미 울음이 쏟아졌고, 얼마 전까지도 고추잠자리들이 어지럽게 날아다녔다.

어디서 왔다 어디로 가는 걸까. 어제는 보이지 않던 것들이 불쑥 눈앞에 나타나고, 익숙했던 것들이 흔적 없이 사라진다. 우리는 그렇게 날마다 작은 이별들과 작은 만남들을 겪으며 산다. 기쁜 일도 슬픈 일도 함께 나누던 친구들과의 세월이 어느새 30년이 되었다. 언제까지나 웃으며 다시 만날 수 있을 거라 믿었는데, 총무가 조심스레 무거운 이야기를 꺼냈다. 코로나 이후 건강이 좋지 않아 모임에 나오기 힘든 친구들이 생겼고, 우리 나이가 되니 예기치 않은 변화가 슬며시 찾아오고 있다는 것이다.

　나이가 들면 마음의 화살은 한 곳에 꽂히지 않는다. 친구들과 만나면 미래보다 지난여름 이야기가 더 반갑고, 우리는 그 옛이야기 속에서 더 큰 웃음을 터뜨린다. 어느새 시야는 조금씩 좁아지고, 용기도 예전만 못해 사소한 일에도 머뭇거린다. 무엇을 붙잡아야 하는지 몰라 밤새 뒤척이며 잠 못 이루는 날도 있다. 계절이 바뀌면 마음도 함께 흔들리는 것 같다.

　나이가 들면 어딘가 완성에 가까워지는 줄 알았지만, 나는 아직도 아무 준비가 되어 있지 않다. 다가오는 것들을 그저 온몸으로 받아들일 뿐이다. 늙어감, 건강, 죽음, 초라함, 가식…. 마음 어딘가 조금씩 허물어지는 듯한 순간들 앞에서, 나는 종종 아무것도 하지 못한 채 바라볼 때가 많다. 결국 인정하는 것, 받아들이는 것, 그것이 우리가 배워야 할 또 하나의 삶일지 모른다. 덧없는 세월 속에 그런 나를 발견하고, 조용히 웃는다. 올라갈 때는 멀기만 하던 길이, 내려올 때는 눈 깜짝할 사이에 지나가는 지름길처럼 느껴진다. 그것이 우리의 인생 시계다.

　가을이 오면 매미와 잠자리가 떠난 자리에 귀뚜라미가 울고, 코스모스가 가볍게 춤을 추며, 이윽고 기러기들이 하늘을 가른다. 그리고 머지않아 흰 눈이 조용히 내려올 것이다. 지금은 차가운 겨울이 두렵지만, 하얀 눈을 떠올리기만 해도 마음속 불평이 잦아든다.

　말과 생각이 결국 나를 만든다. '세월이 간다.'는 말 대신 '세월이 온다.'고 생각해 보니, 마음이 한결 따뜻해진다.

먼 듯 가까운 죽음

시어머님께서 치매로 힘겨운 나날을 보내실 때, 나는 거룩한 죽음을 맞이하시기를 바라는 마음으로 선종 기도를 드리곤 했다. 기도는 오랫동안 병상에 누워 계시던 친정어머니께로 이어졌다. 몇 달 전, 어머니마저 천국으로 떠나신 뒤에야, 나는 비로소 나 자신을 위한 선종 기도를 바칠 때가 되었음을 느꼈다.

선종 기도는 어느새 내 하루를 이루는 작은 의식이자 일상의 호흡이 되었다. 그날도 기도문을 또박또박 읊조리던 중, 문득 '죽음'이라는 단어가 마음에 걸렸다. 삶에 쫓겨 같은 집에 살아도 얼굴 한 번 마주치기 어려울 만큼 바쁘게 살아간다. 해야 할 일은 끝도 없이 많고, 죽음은 어느 순간 생각의 뒤편으로 밀려나 아예 잊힌 듯 느껴진다. 가까운 이의 마지막을 지켜보면서도 정작 자신의 죽음에 대해 깊이 생각하기란 쉽지 않다. 우리는 늘 무언가에 떠밀리듯 하루를 살아내고 있을 뿐이다.

이미 세상을 떠난 이들의 모습이 문득 떠오를 때면, 그렇게 숨 가쁘게 살아갈 일이 아니었음을 깨닫는다. 아등바등 다투고 욕심을 부리고 미움과 분노로 마음을 소모했던 일들이 한순간 부질없어 보인다. 어리석고 짧은 이 생의 바람이 그저 스쳐 지나갈 뿐임을 절감한다.

얼마 후, 친정어머니가 위독하시다는 전화를 받았다. 오래전부터 요양원에 계셨기에 언젠가 작별의 순간이 오리라는 사실을 마음 한편에 품고는 있었지만, 며칠 전까지도 평온해 보이셨기에 이렇게 갑작스러운 이별이 닥치리라곤 생각지 못했다. 고속버스를 타고 달려가는 내 마음은 자꾸만 앞서가고 또 앞서갔다. 마지막으로 손이라도 잡아 드리고, 얼굴이라도 마주하고, 작별 인사라도 건네고 싶었다.

도착하기 전에 운명하셨다는 소식을 들었다. 전화를 끊자마자 두 눈에서 뜨거운 눈물이 뺨을 타고 흘러내렸다. 기쁨과 서러움이 교차했던 순간들, 회초리에 종아리를 맞던 어린 날까지, 평소 잊고 있던 장면들이 파노라마처럼 지나가는 기억들이 마음 깊은 곳을 찌르듯 저릿했다. 병원에 도착하자 언니가 "조금만 더 일찍 오지." 하며 마지막 얼굴이라도 보고 오라고 나를 이끌었다. 염을 막 마치고 옮겨가려는 찰나였다. 나는 참았던 울음을 쏟아내며 잠시만 시간을 달라고 애원했다. 천이 걷히자 어머니는 잔잔한 미소를 머금고 참으로 평온한 얼굴을 하고 계셨다.

어머니의 고요한 마지막 모습이 말할 수 없는 감사로 내 가슴을 채웠다. 아마도 이 모습은 내 기억 속에 가장 아름답고 고요한 이미지로 오래도록 남아 있을 것이다. 엄마의 볼에 얼굴을 비비며 속삭였다. "부족한 저를 한결같이 사랑해 주셔서 고맙습니다. 어머니, 부디 하나님 나라에서 영원한 안식을 누리세요." 죽음 앞에서는 나이가 많고 적음이 아무 의미가 없다. 남겨진 이들은 그저 울음으로 마음을 비울 수밖에 없다.

사람은 죽고 나서도 사흘 동안 귀가 살아 있다는 이야기를 들은 적이 있다. 사흘째 되는 날, 화장장으로 향했다. 정문 앞에는 영구차와 버스들이 길게 늘어서 있었고, 차례를 기다리는 사람들의 표정에는 무겁고도 담담한 체념이 배어 있었다. 관이 전기 화장로 속으로 천천히 내려가자 '소각 중'이라는 붉은 등이 켜졌다. 약 50분 후 '소각 완료'라는 신호가 떴다. 냉각을 마치고 흰빛을 머금은 뼛가루가 조심스레 나왔을 때, 그것은 손바닥 위에 놓인 안개처럼 가볍고 고운 가루였다.

유골함에 담아 품에 안았을 때, 그 무게가 거의 느껴지지 않았다. 방금 전까지 숨을 쉬던 존재가 이제 한 줌의 가루로 남았다는 사실이 가슴 깊은 곳을 아리게 했다. 그러나 그 가벼움 속에 슬픔을 넘어선 어떤 평온이 스며 있는 듯했다. 한쪽에서는 부모를 따라온 청소년들이 게임을 하거나 음료수를 마시며 시간을 보내고 있었다. 삶과 죽음이 한 공간에 나란히 놓여 있는, 묘하고도 선연한 풍경이었다.

그날 이후 나는 '떠나는 법'에 대해 생각하게 되었다. 가볍게 죽기 위해 살아 있는 동안 조금씩 정리해두어야 한다는 생각이다. 남은 이들에게 짐이 되지 않도록, 힘이 있을 때 조금씩 정돈해 나가자고 다짐하면서도 정작 손에서 놓지 못하는 것들이 많다. 아마도 이 생을 향한 미련 때문일 것이다. '삶은 무겁고 죽음은 가볍다.' 그 문장이 오래도록 머릿속을 떠나지 않았다. 함께 정을 나누며 살아온 이들과 영원히 헤어진다는 사실은 상상만으로도 서럽고 쓸쓸하다. 나무와 꽃들이 계절 속에서 피고 지듯, 모든 생명은 순환의 법칙 안에 있다. 서리가 내리면 풀과 꽃은 자연스레 이별을 맞는다.

  내 생의 끝을 어떤 모습으로 맞이하게 될까. 장수에 대한 욕심은 없지만, 자식들에게 짐이 되지 않으며 비참한 죽음을 맞지 않기를 바란다. 인간의 종말은 하늘의 뜻에 달린 일, 미리 단정할 수 있는 것이 아니다. 언젠가 임종의 고통으로 말문이 막혀 아무 말도 전하지 못하는 순간이 오더라도 큰 아쉬움이 남지 않도록, 살아 있는 동안 조금씩 '떠나는 연습'을 해야겠다는 생각이 마음 깊은 곳에 고요히 자리 잡았다.

이 세상 꽃밭을 거닐고

책을 읽고, 글을 쓰며, 사랑을 품고 살아갈 날들이 이제 얼마나 남았을까 문득 헤아려 본다. 마음은 아직도 햇살 아래 뛰노는 젊은 날의 모습 그대로인데 하루는 왜 이리 짧아지고, 세월은 바람결처럼 빠르게 흘러만 간다. 붙잡을 수 없는 시간 앞에서 마음은 괜스레 바빠지고, 못다 한 일들이 생각나 초조해진다.

"50대는 시속 50마일, 60대는 60마일로 달린다."던 말이 이제야 온몸으로 이해된다. 남은 날들이 많지 않다는 생각이 들면, 더 부지런하게, 더 뜨겁게 사랑하며 살고 싶다. 하지만 어느 순간, 이 세상 꿈을 천천히 접고 조용한 영원의 문을 향해 마음을 정리해야 할 때가 그리 멀지 않았음을 깨닫는다. 하느님께서 때가 되어 내 이름을 속삭이신다면 감사의 기도를 품은 채 그 부르심에 순명하고 싶다. 사랑하는 이들을 뒤에 두고 가야 한다는 생각에 가슴은 아프지만, 마지막 순간까지 평화와 감사로 이 생을 마무리하고 싶다.

사랑하는 아들딸에게

너희를 내 품에 보내주신 주님께 먼저 감사드린다.
너희는 내 삶의 기쁨이었고, 빛이었고, 이유였다.
부모로서의 기쁨과 보람, 삶의 희망을
모두 너희에게서 배웠다.
각자의 자리에서 묵묵히 하루를 채우며
성실하게, 바르게 살아가는 너희를 볼 때마다
내 마음은 얼마나 든든하고 고마웠는지 모른다.
너희가 한세상 내 곁에 와 함께 걸어준 것만으로도
나는 이미 풍족했다.

병상에 누운 긴 시간 동안 말 한마디, 손길 하나로
날 버티게 해준 것도 너희였다.
부족한 엄마에게 봄 햇살 같은 따스함을 준
그 마음을 나는 오래도록 품고 갈 것이다.
그리고 마지막으로 당부하고 싶은 말은
서로를 이해하고, 용서하고, 사랑하며 살아라.
형제라는 인연은 평생의 울타리다.
삶이 흔들릴 때 서로를 붙들어주며
따뜻한 길을 걸어가길 바란다.

아버지와 나는 교직이라는 길 위에서
성실하게, 조용하게,
남에게 폐 끼치지 않는 삶을 살고자 했다.
그 마음을 너희가 누구보다 잘 알고 있으리라 믿는다.
내가 먼저 가고 아버지가 홀로 남게 되시더라도
집으로 모시려 애쓸 필요는 없다.
시간 나는 대로 찾아뵙고,
따뜻한 말 한마디 건네는 것만으로도
아버지는 충분히 사랑을 느끼실 분이다.

겉은 단단해 보이나 속은 누구보다 따뜻하고 여린 분,
나는 끝까지 그 곁을 지켜드리고 싶지만
인생은 누구도 앞날을 알 수 없는 법이다.
그러니 너희는 서로에게 기대가 되어주며
언제나 사랑을 잃지 말고 살아가기를 바란다.

사랑하는 당신께

당신을 만난 것이 제 생의 가장 큰 축복이었습니다.
평생 저보다 저를 더 아껴주시고,
언제나 기대어 쉴 수 있는 든든한 어깨가 되어 주셨지요.
그 고마움을 끝까지 다 전하지 못한 채 떠나려 하니
마음 한편이 아리고 미안하기만 합니다.
예기치 못한 사고와 병으로
당신께 걱정을 끼쳐드린 날들도 많았지요.
그럼에도 당신은 한 번도 저를 원망하지 않으셨고,
늘 같은 자리에서 따뜻한 미소로 저를 감싸 주셨습니다.

그 사랑 덕분에

나는 흔들리던 순간마다 다시 일어설 수 있었습니다.

당신과 함께 걸어온 날들은

내 생애 가장 아름답고 귀한 선물이었습니다.

이제 제 길이 여기서 멈추더라도

우리의 사랑과 추억은 오래도록

당신 마음속에 잔잔한 빛으로 머물러

외로운 순간마다 조용히 따뜻하게 비추어 주기를 바랍니다.

부디 건강하시고, 남은 시간은 당신 자신을 위해

천천히, 여유롭게 살아주시길 바랍니다.

손자손녀들에게

우리 예쁜 아가들아,

할머니 곁에 와 주어 참 고맙다.

너희의 웃음과 재롱은

내 늦은 생을 지탱해 준 가장 큰 기쁨이었다.

친구들이 손주 자랑할 때면

할머니도 열 명의 손주가 있다고 말하며
얼마나 뿌듯해했는지 모른다.
너희는 세상에서 가장 소중한 보물이다.

할머니가 남기고 싶은 말은 단 하나다.
책을 많이 읽어라. 배우고, 생각하며 자라라.
좋은 지식과 깊은 마음은
세상이 흔들릴 때 너희를 지켜주는 등불이 될 것이다.
그리고 이 말도 기억하렴.
"세 살 버릇 여든까지 간다."
좋지 않은 습관이라 느껴지면
주저하지 말고 바로 고쳐야 한다.
좋은 습관은 너희의 미래를 스스로 밝혀주는 힘이 된다.

마지막 기도

삶이 내게 허락한 날들을 다 쓰고 나면
나는 감사의 기도를 품은 채

고요한 저녁처럼 조용히 돌아가고 싶다.
이 세상 꽃밭을 충분히 거닐었으니
이제는 영원의 평안 속으로 걸어갈 시간이다.

내가 사랑한 모든 이들이
서로에게 따뜻한 사람이 되어
평화로운 길을 걸어가길 바라며,
하늘에서 조용히 기도할 것이다.

작품 해설

김홍은

《내 마음의 풍경》

자연의 언어와 숨결의 노래

김홍은

(문학평론가. 충북대 명예교수)

1. 시작하며

수필은 우주의 만만물물萬萬物物이 소재가 되고, 일상생활 속에서 얻는 감각적 체험으로부터 얻어진 지혜와 사색으로 엮어놓은 노래이기도 하다.

수필은 오감의 문학으로 주관적 경험과 감각을 가장 생생하게 표현하는 문장으로 엮어진 진선미를 추구하는 예술로 쓰기가 쉬우면서도 반면으로는 가장 어려운 글이기도 하다. 쓰면 쓸수록 어려움을 느끼는 글이 수필이다.

정금자 수필가는 십오 년의 세월 동안 대학의 평생교육원 수필창작 강의를 들으며 발표한 작품을 두 번째로 《내 마음의 풍경》을 펴냈다. 이번에 발간한 수필집은 6부로 나누어 '달밤의 단상', '땅은 생명의 고향', '인생의 열매', '봄 숲은 희망이다', '숨결로 부르는 인생', '비우는 노년의 삶'으로 마음이 하고자 하는 대로 하더라도 욕심을 덜어내고[從心所慾] 절대로 법도를 넘지 않는다[不踰矩]는 노련함이 작품마다 배어 있다.

또한 주제를 이끌고 가는 문장의 흐름에는 사유하는 깊은 의미를 담고 있다.

2. 자연과 언어의 숨결

1) 〈달밤의 단상〉

달과 달빛 아래의 길을 중심으로, 어린 시절 고향과 어머니에 대한 순수한 그리움과 더불어 영원히 붙잡을 수 없는 아름다운 기억의 본질을 함축적으로 표현하고 있다. 달빛은 잊혀간 시간들을 조용히 되살려내고 그리움의 어린 날, 고향 풍경과 정서적 공간의 그리움을 그려내었다

오랜만에 달을 올려다보니, 몇 해 전 세상을 떠나신 어머니 생각이 아스라이 밀려온다.

당뇨로 고생하던 내 모습을 누구보다 안타까워하시던 어머니는 어느 날 검은 물병을 조심스레 건네셨다. 오래 묵은 똥바가지를 어렵게 구해 깨끗이 씻어 삶은 물을 담아 오신 것이었다. "이 물을 마시고 병이 나았다는 사람이 있다더라. 한번 먹어 보렴." 믿기 어려운 이야기였지만, 그보다 선명하게 다가온 것은 어머니의 간절함이었다. 얼마나 마음 졸이셨으면 이토록 정성을 다하셨을까. 그 마음에 가슴이 미어져, 어머니를 끌어안고 목 놓아 울던 기억이 지금도 눈시울을 뜨겁게 적신다.

- 〈달밤의 단상〉 중에서

구름에 가려 있던 달을 올려다보는 그리움은, 달빛을 매개로 하여 세상을 떠난 어머니에 대한 설절한 회상과 삶에 대한 깨달음으로 이끌어 간다.

당뇨를 앓던 자식을 향한 어머니의 헌신적인 사랑에 대한 회고이다. 똥바가지 삶은 물을 구해 건네주던 어머니의 모습에서는, 자식의 고통을 덜어주고자 했던 지극한 간절함과 마음졸임이 생생하게 전해진다. 모성애의 눈물겨운 정서적 그리움이다.

어머니의 그 정성과 마음이 검은 물병보다 선명하게 다가왔다
는 소중한 어머니의 사랑을 깨달았던 모성애의 감동이다.

> 요양원에 계시던 어머니를 집으로 모셔와 한두 달이라도 곁
> 에서 정성껏 보살펴드리고 싶었다. 휠체어를 밀며 옛 고향 이야
> 기도 나누고, 맛있는 음식을 함께 먹고 싶었다. 그러나 어머니
> 는 "다음에, 나중에"라며 늘 미루셨다.
>
> (중략)
>
> '달빛 아래에서 기억을 더듬으면, 잊힌 시간들이 조용히 되살
> 아난다. 그리움은 어린 날의 고향 풍경과 맞닿아 있다. 어머니
> 가 읍내 오일장에 가시던 날이면, 학교 수업이 끝나기 무섭게
> 장터로 달려갔다. 아침에도 뵈었건만 다시 안기게 되는 어머니
> 의 품은 언제나 따뜻했다.
>
> - 〈달밤의 단상〉 중에서

어머니는 요양원에서 "다음에, 나중에"를 기약하며 자식의
간호를 사양했던 어머니의 모습에서는, 아픈 자식에게 짐이 되
고 싶지 않았던 사려 깊은 어머니의 사랑이 느껴진다. 사별하
고 나서야 어머니는 "언제나 든든한 울타리였고, 내 삶의 희망

이었다."라는 것을 깨달았다는 작가의 고백은, 비로소 그 존재의 크기를 인식하는 인간의 정서를 대변하며 큰 울림을 주고 있다.

어머니가 오일장에서 장짐을 이고 돌아오던 밤, 달빛 아래를 함께 걷던 순간은 유년 시절의 따뜻하고 소중한 기억으로 회상된다. 추석 보름달을 보며 남동생을 기원했던 어린 날의 소망, 그리고 새벽 정화수 그릇에 담긴 달을 보며 두 손 모아 기도하던 어머니의 뒷모습은, 달이 곧 간절한 바람과 가족의 안녕을 비는 정화된 공간임을 그려냈다.

작가는 달빛을 통해 어머니의 모습, 고향의 풍경, 어린 시절의 소원 등 잊힌 시간들을 조용히 되살려내며 독자에게도 자신만의 그리운 기억을 더듬게 만든다.

글의 말미는, 작가는 어머니의 기억을 넘어 삶의 의미를 깊은 성찰로 들려준다. "영원한 것은 없다. 삶은 짧을수록 더욱 소중해지고, 살아 있는 이 시간이야말로 온전한 내 것임을 깨닫는다."며 허둥대며 달려온 세월에 대한 서러움과 함께, 현재의 시간이 가장 소중하다는 깨달음이다.

어머니의 사랑을 비추던 그 은은한 달빛을 따라 인생의 끝자

락을 천천히 걸어가는 과거의 그리움은 현재의 삶을 살아갈 힘
으로 승화시키며 따뜻한 그리움으로 밀려오고 있다.

'달밤의 단상'은 달빛처럼 은은하고 고요한 문장으로 어머니
에 대한 사랑과 그리움, 그리고 어머니의 감사한 사랑으로 자
신의 삶을 지탱해 온 마음을 애절히 담아내었다.

달아 달아, 창공에 높이 뜬 밝고 밝은 달아, 내 어머니의 어둔
밤길을 비쳐준 고맙고 고마운 달아. 그립고 그리운 어머니의
사랑. 어머니의 끝없는 지극한 사랑이시여.

자식의 도리를 못다 한, 이 한스러움의 죄를 어찌하오리까.
그립고도 그리운 어머니의 애절함과 절절함이 서정시처럼 가
슴으로 밀려든다.

2) 〈인생의 열매〉

'인생의 열매'는 자연, 특히 나무가 지닌 의연함과 단순함에
서 삶의 지혜를 발견하고, 이를 인간의 고난과 사랑이라는 주
제로 이끌어가는 진솔한 성찰을 담고 있다.

작가는 평생 한자리에서 주어진 환경을 감내하는 나무를 통
해 평안함과 순응의 지혜를 발견한다. 숲의 향기가 주는 위안

으로, 삶의 복잡한 문제들 앞에서 나무 곁에 서면 '어머니 같은' 단순함과 평안을 얻게 된다는 비유를 인상 깊게 그렸다.

　　젊은 나이에 혼자 되시고 외로움의 무게 때문에 치매라는 못된 마술에 걸리신 걸까, 자신만이 굴레 속에서 허우적거리시는 모습에 마음이 찢어진다. 어머님의 모습에 연민의 정을 느끼며 치료제는 '사랑'뿐이라는 생각이 들었다. 그때부터 매일 치매 어머니를 사랑으로 대할 수 있게 해달라며 기도드렸다. 저지레를 해도 화내지 않고 사랑하는 마음으로 보듬을 수 있었다. 지금도 그때의 일상을 생각하면 가슴이 아려온다. "사랑할 수 없는 것들을 사랑하라, 그게 인생이다. 기쁨은 거기서 시작된다."는 괴테의 말이 늘 머리를 맴돌았다. 사랑이 없으면 인생이 시시하고 지겹다. 사랑은 삶이 주는 선물이고 생이 내리는 숭고한 명령이라고 한다. 사랑해야지만 인생이 기쁨으로 충만해짐을 느낀다. 세상은 언제나 내가 두렵게 그 앞에 섰던 큰 강물 같았다. 그 두려움을 이기며 스스로 헤쳐 나가야 하는 것이다. 마음만 먹으면 세상의 어떤 강인들 못 건너겠는가.

- 〈인생의 열매〉 중에서

시어머니의 알츠하이머 투병 과정을 묘사하며 고난의 깊이를 드러냈다. 대소변을 가리지 못하고, 위험한 행동을 반복하는 힘든 상황 속에서 작가는 '치료제는 사랑뿐'이라는 결론에 도달한다. 괴테의 "사랑할 수 없는 것들을 사랑하라."는 인용과 고통스러운 현실을 기쁨으로 승화시키려는 작가의 숭고한 의지가 아름답다.

작가는 모든 인간이 남기는 '삶의 열매'에 대해 이야기하며, 그것이 단순한 결과물이 아닌 수고와 헌신을 통해 맺는, 아름답고 선한 열매이기를 소망한다. 고난과 어려움이 오히려 자신을 성장시키는 값진 보물이 되었음을 깨달은 것처럼, 희생과 봉사를 통한 성숙이야말로 인생의 참된 열매임을 의미 있게 들려준다.

"사랑해야지만 인생이 기쁨으로 충만해짐을 느낀다. 세상은 언제나 내가 두렵게 그 앞에 섰던 큰 강물 같았다. 그 두려움을 이기며 스스로 헤쳐 나가야 하는 것이다. 마음만 먹으면 세상의 어떤 강인들 못 건너겠는가."

체험으로부터 얻어낸 지혜의 명언이다. 자식으로서 부모님의 은고여천恩高如天 덕후사지德厚似地라고 그 베풀어주신 은혜가 하늘같이 높고, 그 은덕의 두터움은 땅같이 넓다 함을 깨달아 인간의 도리를 독자에게 넌지시 시사하여주고 있다.

'인생의 열매' 작품은 나무의 고독한 아름다움과 치매 간병의 고통에서, 내 사랑과 봉사를 통한 삶의 의미를 깊은 삶의 철학을 담고 있다. 힘든 현실을 회피하지 않고 정면으로 마주하며, 그 속에서 사랑으로 삶의 숭고함을 들려주었다. 간결하면서도 진심이 담긴 문장들은 자신의 삶의 열매에 대해 되돌아보는 고뇌의 감동으로 이끌었다.

3) 〈땅은 생명의 고향〉

작가는 흙이 생명의 근원이자 마음이 쉬어가는 포근한 고향임을 상기시키며, 단절된 삶에서 벗어나 흙과의 관계를 회복해야 한다고 주장한다.

자연에 대한 외경심을 지니고 흙의 포용과 진실한 흙의 심성으로 내면적 회복으로 살아야 한다고 교화하고 있다.

흙은 생명이자 고향이라는 생각이 든다. 열 명 중 아홉이 도시에 사는 시대, 우리는 흙과 단절된 땅 위에서 하루하루를 살아간다. 흙이 사라진 대지는 물을 품지 못하고, 비가 내리면 갈 곳을 잃은 물이 홍수가 되어 우리에게 되돌아온다. 우리가 빼앗은 땅은 이제 더 이상 우리를 지켜주지 못한다. 흙은 생명이 움트고 꽃피며 열매 맺는 자리, 수많은 생명과 미생물이 서로 얽혀 작은 우주를 이루는 공간이다. 흙 한 줌에 지구 인구보다 많은 생명체가 산다 하니, 그 신비로움 앞에서 고개가 절로 숙여진다. 땅은 어머니를 닮았다. 더러운 것마저 품어 깨끗함으로 되돌려 보내고, 생명을 길러내는 너른 품을 지녔다. 땅은 생명의 근원이자 마음이 쉬어가는 포근한 고향이다.

- 〈땅은 생명의 고향〉 중에서

우리는 생명의 고향인 흙과 멀어진 삶으로 자연과의 교감을 잃고 살아감을 안타까이 여긴다. 흙이 사라진 대지는 물을 품지 못하고, 비가 내리면 갈 곳을 잃은 물이 홍수가 되어 우리에게 되돌아온다는 재해를 깨닫게 하고 있다.

흙의 중요한 기능인 저수 및 정화 능력이 도시화로 인해 파괴되었음의 속수무책을 꼬집어 들려준다. 물이 땅에 흡수되지 못하고 홍수가 되어 우리에게 되돌아오는 결과로 돌려받는다는 엄중한 인과응보를 시사하고 있다.

땅은 모든 자연의 생명체가 인간의 삶을 보호해주는 공간이었으나, 이제는 그 기능을 상실하여 더 이상 안전한 고향이 될수 없음을 반성해야 함을 조용히 예고하며, 흙은 어머니의 품으로 모든 것을 감싸주고 길러주는 안식처로 생명의 근원임을 명시하며 이제라도 지덕地德을 잊지 말아야 함을 깨우쳐 준다.

좋은 흙과 거름으로 식물을 돌보는 시간은 치유이자 힘의 회복이었다. 텃밭 농사는 이웃과의 나눔으로 이어졌다. 논둑에 심어둔 호박은 덩굴손을 뻗어 나뭇가지를 붙잡으며 '친구가 되자.'고 속삭이는 듯했다. 폭우와 뜨거운 볕을 견뎌낸 호박들은 주렁주렁 매달려 노랗게 익었다. 그것을 무료 급식소에 가져다드리자 "올겨울은 따뜻하게 지내겠다."며 환한 웃음을 보여주셨다. 그 미소를 떠올리며 나는 더욱 정성스레 농사를 지었다. 겨울이 오면 잘 익은 늙은 호박으로 죽을 끓여 경로당 할머님들께 나누었다.

　　　　　　　　　　　　　　　　- 〈땅은 생명의 고향〉 중에서

흙과 교감을 통해 얻은 치유와 기쁨을 이웃과의 나눔을 식물에서 배운 겸손과 인정을 소통으로 모든 관계를 체험으로 보여주고 있다.

흙은 단순한 물질이 아니라 생명의 고향이자 모든 생명의 어머니임을 들려주고 있다. 흙은 생명을 움트게 하고, 어머니를 닮아 더러운 것마저 품어 깨끗함으로 되돌려 보내는 정화와 포용의 힘을 가졌음을 역설한다.

정금자 작가는 흙의 생명으로부터 수확한 농산물을 이웃에게 나누어주며 더불어 살아가는 자연으로부터 치유하는 삶을 행하는 아름다운 손을 가진 분이다. 힘들게 농사를 지은 농산물을 거두면서, 나누어 줄 무료 급식소까지 미리 떠올리는 농심農心의 선함이 가슴으로 스며든다.

정 작가는 가족과 이웃에 소중한 땅 같은 분으로 후덕재물厚德載物의 인성을 품은 글과 사람이 같은 분이다.

4) 〈몽돌 해수욕장의 추억〉

이 작품은 홍도 몽돌 해수욕장에서의 경험을 통해 삶의 깊은 깨달음을 얻는 과정을 담은, 아름다운 여행수필이자 성찰의 글이다. 작가는 단순히 해변의 풍경을 묘사하는 것을 넘어, 자연이 주는 소리와 형태, 그리고 위기의 순간을 통해 우리 삶의 본질과 태도에 대한 귀한 메시지를 전하고 있다.

몽돌 해수욕장의 '짜르르'한 소리는 이제 단순한 자연의 소리가 아니라, "흔들리지 않는 지혜"의 노래가 될 것 같다.

이 작품은 여행이라는 외적 체험을 성찰의 내적 여정으로 연결하는 기행 수필이다. 작가는 눈에 보이는, 아름다운 자연 풍경에 머무르지 않고, 몽돌의 세월에서 파도 소리로 인생의 의미와 지혜를 발견해 내었다. 바다 수영 중에 겪은 아찔한 위기 상황은 글의 주제인 겸손과 성장을 선명하게 뉘우치며 깊은 감동을 준다. 탄탄한 비유와 서정적인 문체가 인상적이며, 독자로 하여금 스스로의 삶을 몽돌처럼 다듬어가는 용기를 갖게 하고 있다.

> 몽돌 해수욕장에서 들었던 그 '짜르르'한 음을 다시 떠올리며 내 마음을 다잡게 될 것이다. 그 소리는 마치 이렇게 말하는 듯하다.
> "천천히, 그러나 흔들리지 말고 살아가라."
>   - 〈몽돌 해수욕장의 추억〉 중에서

인생 삶의 교훈을 가슴 깊이 새겨주는 울림이다. 문장에 설명을 달음이 오히려 사족이 될까 염려스럽다.

5) 〈내 마음의 풍경〉

삶이 지루하거나 무기력해질 때면 꽃바람이 이는 들길을 찾아 위안을 얻는다. 오월의 철쭉, 포근한 봄볕, 싱그러운 숲의 향은 자연이 빚어낸 완성된 예술이며, 이 속에서 마음속 우울이 풀려나가는 경험을 통해 자연은 내면을 정화하는 거울임을 확인한다.

삶의 내면에 대한 성숙과 변화를 자연의 풍경에 삶 무기력함에서 자연을 찾아 오월의 따뜻한 햇살과 싱그러운 향기 속에서 마음의 우울을 씻으며 이는 자연이 곧 완성된 예술이자 계절 따라 변하는 자연의 빛깔 속에서 마음속 우울도 어느새 조용히 풀려나간단다.

자연의 변화처럼 나이가 들며 몸과 마음도 함께 달라진다. 몸은 눈에 띄게 쇠퇴하지만, 마음은 오히려 더 여유를 배워간다. 젊음에는 패기가 있고, 늙음에는 지혜가 깃든다는 말이 실감 난다. 기억력과 상상력은 예전만 못해도, 판단력은 잘 익은 과일처럼 더 깊고 향기로워진다. 젊은 날의 마음 풍경이 짙은 원색으로 가득한 자기중심의 세계였다면, 지금의 마음은 훨씬 은은하고 조화로운 빛을 띤다.

- <내 마음의 풍경> 중에서

나이가 들면서 몸은 쇠퇴하지만, 마음은 오히려 여유와 지혜를 배워간다는 통찰은 깊은 울림이다. 젊은 날의 원색적인 자기중심에서 벗어나, 은은하고 조화로운 빛을 띠는 마음의 풍경을 갖게 되었다 함은 성찰이 곧, 삶의 무게를 견디고 얻은 지혜를 들려준다. 이는 지나온 세월의 고통과 감정의 억압 속에서 얻어낸 연륜의 소중한 보람으로 삶의 향기를 들려주고 있다.

　인생은 늘 선택의 연속이다. 무엇을 버리고 무엇을 택할 것인지는 결국 자신의 결단에서 비롯된다. 직업도, 사랑도, 결혼도…, 우리는 모든 것을 다 가질 수 없다. 아름다운 육체에는 쾌락이 필요하고, 아름다운 영혼에는 고통이 따른다고 한다. 지나온 삶이 늘 즐거웠던 것은 아니지만, 고통과 행복이 켜켜이 쌓이며 지금의 나를 이뤄냈다.
　이제는 그 모든 색이 어우러진 삶의 풍경을 조용히 바라본다. 무엇과도 잘 어울리는 빛깔, 어디에도 지나치지 않은 단정하고 단촐한 사람의 길을 다시 그려보며.

정금자 작가는 인생을 살아온 자신의 삶을 뒤돌아보며 젊은 날 자신이 처해 있던 현실을 직시하며 고통과 행복의 회상이다.

직업, 사랑, 결혼 등 무엇을 취하고 무엇을 버릴지 자신의 결단으로 결정해야 하는 인생의 선택 앞에서, 아름다운 육체는 쾌락이 따르고, 아름다운 영혼은 고통이 따르듯 상반된 경험들이 켜켜이 쌓여 지금의 자신을 이루었음의 인생 파노라마를 회전한다. 이제는 그 모든 색이 어우러져 어디에도 지나치지 않는 단정하고 단촐한 사람의 길을 조용히 바라보며 다시 그려보는 깊은 성찰이다

6) 〈봄 숲은 희망이다〉

이 수필은 봄 숲이 작가에게 주는 희망, 회복, 그리고 생명의 활력을 서정적이고 감각적인 언어로 풀어낸 자연의 향연이다. 계절의 변화 속에서 삶의 어려움을 이겨낼 용기를 얻고, 잃어버렸던 인간 본연의 감각을 되찾는 과정을 아름답게 그려내고 있다.

봄이 숲에 닿으면, 숲은 거대한 변화 속으로 들어선다. 봄의 숲은 생명과 희망으로 가득 차 우리에게 기쁨과 탄성을 주는 동시에, 경외와 겸손을 일깨운다. 그 속에서 우리는 생명의 존귀함과 다시 살아갈 용기를 배운다. 봄꽃이 한꺼번에 피어오르면 산과 들은 화려한 물결을 이루고, 숲속에서 마주하는 산벚꽃의 향연은 메말랐던 마음을 몽글몽글하게 한다. 연녹색 새싹이 돋아나는 이 계절, 온 산은 부드러운 초록으로 출렁이며 생명을 노래한다.

- 〈봄 숲은 희망이다〉 중에서

봄의 숲으로부터 거대한 자연의 생명의 소리를 들으며 기쁨과 탄성을 주는 자연의 신비로움에, 경외와 겸손을 배우며. 그 아름다움에서 다시 살아갈 용기를 배운다는 노년에 이른 정작가의 마음이 봄꽃 아름답게 피어나고 있다.

마치, 나비야 청산 가자, 범나비야 너도 가자, 가다가 저물거든 꽃에 들어가 자고 가자, 꽃에서 푸대접하거든 잎에서나 자고 가자는 라는 시조時調까지 연상시켜 놓고 있다.

7) 〈비우는 노년의 삶〉

'비우는 노년의 삶'은 우리 인생의 노년이 담고 있는 마음을
대변해주고 있다. 자녀들을 다 여위고 난 후의 집안의 침묵은
남겨진 물건들 뿐이다.

남은 시간과 공간이 줄어들수록 채우기보다 비우는 용기가
절실해진다며, 물건과 관계의 욕심을 정리하면서 소유욕에서
벗어나려는 심리를 그려놓았다. 죽음 앞에서도 희망을 놓지 못
하는 인간 본연의 모습을 인지하며, 빈손으로 돌아갈 날을 위
해 지금, 이 순간부터 삶을 가볍게 정리하는 것만이, 마음의 여
백이 삶을 순환하는 가장 아름다운 마무리란다. 지나친 욕망의
그림자를 남기지 않으려는 깨달음의 여운을 남긴다.

내가 떠난 뒤, 내가 머물던 공간이 조금은 깨끗하기를 바란
다. 지나친 욕망의 그림자만은 남기지 않기를. 노년의 불안을
솔직히 꺼내 보이면서도, '치매가 오기 전 지금이 가장 좋은 때'
라는 이 묵직한 깨달음이 오래도록 마음 깊은 곳에서 잔잔한 울
림으로 머문다.

- 〈비우는 노년의 삶〉 중에서

인생으로 자리에 머물렀다 떠나간 공간을 염려하고 있다. 인간으로서 사람다운 삶의 교훈이 되어, 후세가 배울 수 있도록 소박하고 순수한 모습으로 기억되기를 바란다. 지나친 욕심부리지 않는 생에 대한 애착의 노욕은 치매가 오기 전에 사랑하는 자식들에게 짐이 되고 싶지 않은 현명한 심정을 담아내었다. 어찌 인간의 운명을 소원대로 할 수 있을까만은 지나치게 생을 집착하는 착잡한 노인들에게 불안한 심정을 대변하여주고 있다.

8) 〈숨결로 부르는 인생〉

이 작품은 단순히 하모니카라는 악기에 대한 들숨과 날숨으로 음률이 되는 순간을 통해, 자신의 가장 깊숙한 내면과 인생의 고요한 마음을 조용히 고백하고 있다. 하모니카는 줄도, 건반도 없으며 오식 숨만 있으면 되는 악기로 정의한다.

하모니카를 불 때마다 삶의 온기가 번져 나오고, 잊었던 기억들이 높고, 낮은음으로 평온을 갖는다. 하모니카는 그 모든 기억을 음악으로 엮어 과거와 현재를 한자리로 불러낸단다.

우리는 숨 가쁘게 살아오면서 정작 '숨'의 소중함을 잊고 산다. 하모니카는 내 숨을 음악으로 바꿔 준다. 들숨에는 희망이, 날숨에는 슬픔이 실리고, 그 둘이 함께 선율이 된다. 그래서 나는 오늘도 하모니카를 들고 작은 연못가에 섰다. 입김이 흐르며 맑은 소리가 퍼지면, 듣는 이는 없어도 내 마음속의 관객은 언제나 자리를 채운다. 산천초목과 하루를 건딘 나 자신, 자식들, 형제들, 오래된 친구들, 그리고 마음속 깊이 남은 이들에게 나는 정성스레 한 곡을 바친다.

- 〈숨결로 부르는 인생〉 중에서

작가는 '숨'의 소중함을 잊고 산다며 들숨과 날숨에는 희망과 슬픔이 실린다고 한다. 한밤이나 연못가에서 듣는 이는 없어도 내 마음속에는 늘 관객이 있다. 고요한 밤, 달빛 아래에서 하모니카를 불면 그 관객은 자연이며, 오늘 하루를 견뎌낸 나 자신이다. 곁에 있지않지만 마음으로 함께하는 자식과 형제, 오래된 친구들에게 바치는 가장 진실한 헌정곡이기도 하다. 팔순에 이른 노년의 하모니카 음률이 은은하게 들려오는 듯하다.

3. 맺으며

수필집 《내 마음의 풍경》은 천지인덕天地人德을 담아낸 서정과 꾸밈이 없이 소박하다. 순수하면서도 거침이 없다.

작품 속에 문학이 녹아 있는 이야기는 작가의 정과 사랑이 가득하다. 작품마다 넘쳐나는 향기로운 마음의 종소리가 독자를 푸근하게 하여주고 있다. 문장의 표현들이 맛깔스럽다.

글은 읽고 느끼는 사람에 따라 다를 수 있다. 문학은 작품을 통하여 공감을 얻을 때 아름답게 느껴져 온다. '꽃이 피면 향기는 천 리를 가지만, 사람이 쌓은 덕은 만 년 동안 훈훈하다'고 한다. 좋은 작품 역시 향기가 나게 마련이다. 《내 마음의 풍경》의 문장에는 은은하게 향기를 풍긴다.

정금자 수필가는 젊은 시절에는 교사敎師로, 현모양처로 봉사와 희생으로 살아온 삶이 다져져 있어서 그런지, 글이 흐트러짐이 없다. 문장의 표현들이 깔끔하다. 작품을 읽다 보면 문장의 재주를 타고난 문창귀인文昌貴人의 소리를 들을 것 같다.

내 마음의 풍경

초판 1쇄 인쇄 | 2025년 12월 12일
초판 1쇄 발행 | 2025년 12월 18일

지 은 이 | 정 금 자
펴 낸 이 | 노 용 제
펴 낸 곳 | 정은출판
편집 및 디자인 | 김 상 희

출판등록 | 2004년 10월 27일
등록번호 | 제2-4053호
주   소 | 04558 서울시 중구 창경궁로 1길 29 (3층)
대표전화 | 02-2272-9280
팩   스 | 02-2277-1350
이 메 일 | rossjw@hanmail.net
홈페이지 | www.je-books.com

ISBN 978-89-5824-527- 8 (03810)

ⓒ 정은출판 2025
값 15,000원

＊ 이 책은 충청북도, 충북문화재단의 후원으로 문화예술육성지원사업의
　 일환으로 지원받아 발간되었습니다.
＊ 잘못된 책은 교환해 드립니다.
＊ 이 책의 판권은 지은이와 정은출판에 있습니다.
＊ 양측의 서면 동의 없는 무단 전재 및 복제를 금합니다.